轉生成蜘蛛又怎樣！

作者：馬場翁 okina baba
插畫：輝竜司 tsukasa kiryu

14

Kadokawa Fantastic Novels

contents

王1　連名字都沒有的王

我整天都在床上度過。

從來不曾離開床上。

身上插著好幾根管子，只能依靠管子提供的營養劑維生。

沒有活著的意義，只能躺在那裡的實驗動物。

那就是我。

可是……

「妳好，初次見面。我叫莎麗兒。請問妳叫什麼名字？」

那個人向我伸出了援手。

「啊……麗兒？」

「愛麗兒？真巧。妳的名字跟我很像。」

雖然我只是複誦對方的名字，但因為聲音有些嘶啞，結果害她聽錯了。

就因為這種微不足道的理由，讓我有了名字。

可是，我覺得這樣很好。

因為這是那人替我取的名字。

1 決戰前夕

遠方是一片廣闊的森林。

那是卡拉姆大森林。

一如名字裡的「大」這個字，那片森林超級廣大。

就算遠遠地看，那片森林也是一望無際。

而我們魔族軍正偽裝成帝國軍，朝向那座卡拉姆大森林進軍。

正確來說，是朝向那座卡拉姆大森林中的妖精之里進軍。

這是為了跟我們的宿敵波狄瑪斯一決死戰。

由夏目同學領軍的帝國軍已經抵達卡拉姆大森林外圍，現在正努力開路，以便讓軍隊通過。

夏目同學的腦袋被我動了手腳，對我言聽計從。

而帝國高層也被夏目同學用七大罪技能「色慾」洗腦，對他言聽計從。

夏目同學就是因為這樣才能率領帝國軍來到這裡，而我們魔族軍也趁機偽裝成帝國軍跟了過來。

因為魔族的外表與人族無異啊～

穿著帝國軍的服裝光明正大地進軍，沒想到還真的不會被發現。
不過，我們已經跟最不該知道這件事的勢力，也就是代表人族的神言教事先串通好了，所以不成問題。
因為對神言教來說，妖精也是無論如何都想除掉的不共戴天仇敵啊～
而且神言教也樂於讓魔族與妖精鷸蚌相爭。
雖然他們應該不想讓帝國軍這支守護人族的主力部隊被我們利用，但就算加上這個負面因素，他們也還是認為排除掉妖精——正確來說是除掉其族長波狄瑪斯較為重要。
所以，在這場戰爭中，神言教並不會與我們為敵。
他們並不完全算是我們的同伴，也依然算是暫時停戰且暫時聯手的盟友。
也就是敵人的敵人是朋友狀態。
拜此所賜，我們才能毫無後顧之憂，盡全力對付波狄瑪斯。
替這段多年來的孽緣做個了結的時候就要到了。
……可是……
面對這樣的重要決戰，我們卻沉浸在有些放鬆的氣氛之中。
「呼喔喔喔～」
「是這裡嗎？這裡舒服嗎？」
我的嬌喘聲在蜘蛛車裡迴盪，魔王毫不留情地刺激我的弱點，愉悅地如此說道。

我得事先聲明，我們可不是在做色色的事情！

這只是在按摩！

不是那種按摩（意義深遠），而是非常健全的普通按摩喔！

絕對不是在做色色的事情！

絕對不是在做色色的事情！

因為很重要，所以要說兩遍！

都是因為我超級努力，跟黑心企業的員工一樣瘋狂加班，才能準備好這樣的舞台。

魔王大人說要慰勞我，才會親自幫我按摩喔。

結果她按得超級舒服。

「啊哈啊～」

魔王精準地刺激著能讓我感到舒服的穴道，害我忍不住叫了出來。

別看她這樣，魔王其實是個多才多藝的傢伙。

還擅長做菜。

不愧是活了那麼久的老奶奶，腦袋裡裝著各式各樣的知識呢～

「看招！」

「嗚！」

「妳說誰是莫名上了年紀的老太婆？」

「我才沒說那種話……喔嗚！」

魔王疑似聽到我的心聲，在這時往我身上使勁一按！

我可沒說妳是老太婆！

只有說妳是老奶奶！

而且妳上了年紀也是事實不是嗎！

「看招！」

「呼嗚喔！」

新一波的指壓攻勢向我襲來！

呃～魔王大人？

您知道自己的能力值將近九萬嗎？

您知道只要您有那個意思，光是用一根手指，就可以把人體轟得灰飛煙滅嗎？

我覺得用這種力量按別人的穴道是很過分的行為！

換作是別人，早就跟挨了北斗什麼東西的暗殺拳法的人一樣當場爆炸了！

總之，我們就像這樣在蜘蛛車裡嘻笑打鬧，別人可能會覺得我們不該在決戰之前這麼做。

可是，該做的事情都已經做完了，魔族軍又正在移動，我們也無事可做啊。

雖然可以要求部隊快馬加鞭，但前方夏目同學率領的帝國軍因為森林停下腳步。

實在不可能直接讓一大群人在森林裡進軍，所以帝國軍正忙著在森林裡開路。

一般來說，要在森林裡開出一條可以進軍的路，是件相當不容易的事情，但在這個有著能力值與技能的世界，伐木意外是件相當簡單的工作呢～

如果我想要動手，只要射出一發暗黑彈，就能把彈道上的東西全部轟飛。

就算沒有那麼厲害，帝國軍也能活用人數的優勢，以在地球上無法實現的速度開拓森林。

話雖如此，進軍速度還是免不了會比平時還要慢。

因為走在前面的帝國軍處於這種狀態，如果讓在後方追趕的魔族軍加快速度，就會追上帝國軍。

這會造成一些麻煩。

因為帝國軍裡的絕大多數人，都不知道我們是魔族軍。

夏目同學就只有洗腦帝國高層的少數人，而幾乎所有士兵都只是聽從上面的命令在行動。

當然，那些士兵不可能知道跟在後面的特別部隊是魔族軍。

他們都相信我們這些魔族軍是帝國的正規軍。

魔族軍姑且都打扮成帝國軍的樣子，只要不近看，我想應該不會被拆穿才對。

可是，要是雙方會合，那些不自然的地方就藏不住了。

雖然魔族軍打扮成帝國軍，但這並非他們平時穿著的裝備，而是為了這次遠征緊急準備的裝備。

穿起來應該多少會露出馬腳才對。

就是那種新員工穿著新西裝的不自然感覺。

不過，比起那種細微的破綻，還有個更致命的差別啦。

那就是魔族都說魔族語……

一旦被對方聽到我們的士兵說話，就會立刻事跡敗露……

此外，我們現在搭的可是蜘蛛車！

想也知道帝國不可能有這種東西吧！

誰會用超級蜘蛛怪來拉車啊……

有這種超級顯眼的東西，別人一眼就能看出這支部隊並不尋常。

因為這個緣故，我們不能追上走在前面的帝國軍。

所以，我們只能慢慢前進。

此外，因為可以想見接下來會是一場苦戰，為了避免累積不必要的疲勞，我們才會讓自己放鬆一下。

因為要是太過緊張，讓自己在正式開戰時累垮，那就本末倒置了呢。

我和魔王就是這樣讓自己適度放鬆，同時也透過放慢行軍速度，讓魔族軍盡量保留實力。

至於在前面領軍的帝國軍，其實就只是棄子啦～

他們只要能適度削弱妖精的戰力，並且適度打亂對手就夠了。

反正他們只是普通的人族軍隊，不可能敵過妖精的隱藏戰力。

只要可以削弱妖精表面上的戰力，帝國軍就算是達成任務了。

如果他們有辦法逼出妖精的真正戰力——也就是波狄瑪斯暗藏的機器人，那就再好不過了。

而可悲的是，一旦輪到那些兵器上場，帝國軍就只有被蹂躪的份……

坦白說，我覺得帝國軍應該會全軍覆沒吧。

既然早就知道帝國軍的下場，也就沒必要在意他們會不會累的問題，對吧？

我要讓帝國軍努力開出一條血路。

雖然他們現在是在森林裡開路就是了。

「嗯……」

就在這時，魔王正在按摩的手停了下來。

「……又來了嗎？」

「……是啊。又來了……」

魔王有些不耐煩地離開我身邊，回到座位上。

「找我有事嗎？啊～嗯嗯……」

然後開始自言自語。

在旁人眼中，她就像是個突然開始自言自語的危險人物，但其實真的有人在跟她對話。

她絕對不是收到了什麼奇怪的電波。

……就某種意義來說，可能算是奇怪的電波吧。

哎呀，簡單來說……

她正在用念話這個技能跟遠方的人通話，至於對方是誰……

答案就是吸血子。

那傢伙正陪著帝國軍一起前進，但因為其他人都停下腳步去開拓森林，讓她現在閒得發慌。

然後，因為她自己閒閒沒事做，就一直頻繁地用念話找人聊天。

而且受害者不只是魔王，梅拉和鬼兄好像也經常被她騷擾。

如果從魔王接受到念話的頻率去推算，除了睡覺的時間，這傢伙應該一直在跟別人用念話交談吧。

妳到底有多怕寂寞啊！

不過，吸血子在帝國軍裡幾乎沒有認識的人，她也不是那種會主動交朋友的人，沒人陪她說話，或許讓她覺得很無聊吧……

畢竟她跟一起前去的菲米娜又勢同水火。

……嗯？

等一下。

我記得好像還有另一個人陪吸血子過去不是嗎？

就是那個在魔族學校裡愛上吸血子，設計陷害自己的未婚妻菲米娜，重新贏得自由之身，還跑去拜託吸血子把他變成吸血鬼眷屬，超級迷戀吸血子的傢伙。

我記得那傢伙名叫瓦爾德。

既然吸血子幾乎把所有時間都用在念話上，就代表她幾乎沒跟陪在自己身旁的瓦爾德說話……

……瓦爾德，加油吧。

儘管這傢伙因為太過迷戀吸血子而捨棄許多東西，甚至不惜成為吸血鬼，卻還是遭到這樣的冷落……

不過，考慮到他拋棄菲米娜，這或許算是合理的報應吧。

嗯，嗯～……

瓦爾德的那種執著確實已經有點像是跟蹤狂了，雖然吸血子看起來是那種樣子，但本質上依然是個內向的傢伙，應該不擅長應付那種積極進攻的男生吧～

儘管如此，在面對自己能敞開心胸的對象時，她又會變得非常積極……

幸好我早就失去技能，不會收到她傳來的念話。

雖然很遺憾，但也只能讓魔王、梅拉和鬼兄陪吸血子打發時間了。

說到底，但大家還是願意陪她，實在是非常溫柔呢。

……說不定他們只是藉此轉移注意力罷了。

我們這次的對手可是那個波狄瑪斯。

坦白說，沒人可以保證大家都活著回來。

我完全不認為我們會輸。

為了贏得勝利，我們已經做了萬全的準備。

可是，這個世上沒有絕對。

就跟我做足了準備一樣，波狄瑪斯應該也做足了準備。

而且還是在我們這些轉生者誕生在這個世界之前，他就一直在做準備了。

我還沒摸清波狄瑪斯這名男子的底細。

所以，沒人知道會發生什麼事情。

我要再說一次，我完全不認為我們會輸。

可是，我無法保證不會有人犧牲。

在最糟糕的情況下，說不定只有我能活下來。

這一戰就是如此艱難。

或許吸血子也察覺到這點了吧……

「魔王。」

「什麼事？」

「幫我轉告吸血子。」

「妳要說什麼？」

「就說我們會贏，叫她儘管放心。」

聽到我這句話，魔王稍微愣了一下，但她很快就露出苦笑，重新開始通話。

「蘇菲亞，小白有話要告訴妳喔。她說我們一定會贏，妳不需要擔心。她是在幫心中忐忑不安的妳打氣喔。」

喂……

後面那句話是多出來的吧？

魔王臉上帶有些許笑意，看來她是故意的。

「唔喔。」

魔王小聲叫了出來，揚起下巴。

「……她氣得切斷通話了。」

腦海中清楚浮現出吸血子急著破口大罵，順勢切斷通話的樣子。

真是好懂耶～

吸血子基本上就是個廢材。

雖然她各方面的能力應該都很高才對……

到底為什麼會變成這樣？

真想看看是誰教出來的。

「真是個可愛的傢伙～」

魔王輕聲笑了出來。

……對了，吸血子小時候也算是被這個魔王帶大的嘛。

啊，這樣我就非常能理解吸血子變成廢材的原因了。

「看招。」

好痛！

魔王使出彈額頭攻擊！

我不是告訴過妳，換作是別人，腦袋早就被打飛了嗎！

「妳又在想奇怪的事情了吧？」

嗚嗚嗚！

因為被她說中了，害我沒辦法說她藉口找碴！

「小白，妳這人看起來難懂，但其實很好懂呢。」

魔王傻眼地嘆了口氣。

……雖然我並非故意要讓自己難懂，但聽到她說我很好懂，還是受到了打擊。

「我們這一戰的勝算有多少？」

魔王換上正經的表情，問了這個問題。

這就表示打鬧時間到此結束。

「百分之百會贏。」

所以，我也正經地說出毫無顧忌的預測結果。

「……那麼，我們活下來的機率又是多少？」

「……」

魔王口中的我們，應該是指魔王、吸血子、鬼兄、梅拉和人偶蜘蛛四姊妹吧。

其他路人應該都不算在裡面。

「既然妳沒能馬上回答，就代表答案不是百分之百。看吧，妳就是這麼好懂。」

我完全無法反駁。

「小白，妳真的對自己人很好呢。」

魔王露出苦笑。

但她很快就換回正經的表情。

「不過，這次我勸妳最好捨棄那份天真。」

「……」

「這可是戰爭。既然是戰爭，就會有人喪命。我們大家都在賭命。如果我們戰死，那原因就是我們自己實力不夠。」

「妳的意思是，不需要我幫忙嗎？」

「我沒叫妳別幫忙，但妳也不需要勉強自己幫忙。妳只要全力取勝就行了。」

……我也不是不明白魔王的意思。

可是，就算是這樣……

「我還是會盡量支援妳們。」

「……那麼，看來我得努力別給妳添麻煩了。」

我覺得自己沒辦法對魔王他們見死不救。

雖然魔王說我天真，但我這麼做都是為了自己。

因為我不想後悔。

所以——

「大家都活著打贏這一戰的機率是百分之百。」

我如此宣言。

絕不承認別種勝利。

我說到做到。

黑1　回憶往事　結識

我和莎麗兒的邂逅，其實一點都不有趣。

不對，那是一場很有震撼力的邂逅，所以在某種意義上或許算是有趣吧。

可是，如果有人期待的是那種戀愛上的有趣，那我就得事先聲明，在我們剛認識的時候，完全沒有那種要素存在。

很遺憾，那並不是一場浪漫的邂逅。誰也沒有對誰一見鍾情。

因為跟莎麗兒的邂逅，在其他意義上讓我受到了震撼。

不是那種戀愛上的震撼，而是更直接的震撼。

沒錯，那是非常直接的震撼……

因為我們才剛相遇，我就被她打飛出去。

這樣夠震撼了吧？

系統開始運作以前的世界，跟現在的世界完全不同。

不管是外觀還是內在，一切的一切都不相同。

因為當時還沒有系統，該說是理所當然嗎，並沒有能力值與技能。

雖然人類因此相對脆弱，但由於當時也沒有魔物，所以人類也不需要具備強悍的實力。

無法使用魔法，但科學相對地發達，到處都蓋有直衝天際的高樓，地表覆蓋著鋪設在自然泥土上的堅固馬路，快速行駛的汽車則填滿了那些馬路。

如果當時的人類看到現代人類的生活，應該會覺得時代倒退了吧。

事實上，因為有技能帶來的恩惠，以及留存至今的人類智慧，所以時代並非完全倒退，但能夠實際感受到這種扭曲的人，也就只有知道世界當時樣貌的我、愛麗兒與達斯汀了吧。

波狄瑪斯應該完全不會在意那種事情。

如果還有其他人會注意到，那應該就是轉生者們了。

他們在轉生以前，似乎是住在文明相當進步的星球上。

如果是這樣，那他們就有可能找出跟現在的生活不太搭調的舊文明殘渣。

為了消除那些殘渣，系統中加入了能讓書本之類的紀錄媒體加速劣化的機關，但透過口耳相傳代代流傳下來的知識，並沒有辦法徹底消除。

這彷彿是在證明，就算D是個無比強大的神，人類這個脆弱的種族依然有辦法與之抗衡。

即使這樣的抵抗根本微不足道。

我很清楚人們其實無意與之對抗，這應該只是藏在我心中的渺小願望吧。

……話題好像扯遠了。

總之，當時與現在的差距，大到令人懷疑是兩個不同的世界。

而且不是只有世界變得不一樣，我自己也改變了。

雖然這種話不該由自己來說，但當時的我是個傲慢的傢伙。

我深信人類只是下等生物。

為了守護自己的名譽，請容我辯解，不是只有我懷著這種想法，所有龍族都是這樣想的。

我所說的龍族，並不是指現代所說的那種魔物，而是跟我一樣貨真價實的龍。

現代的龍只不過是以真龍的身體組織為基礎，由波狄瑪斯創造出來的一種嵌合體。

從當時存活下來的嵌合體，抑或是其子孫，就是在現代被稱為龍的魔物。

真正的龍就跟我一樣，是打從出生就註定會成神的強大種族。

因為這個緣故，我發自內心認為龍才是最出色的種族，其他種族都該臣服於龍之下。

現在的我知道世上還有D這種不合常理的神，才會變得對這種想法存有疑惑，但當時的我對此深信不疑。

因此，看著下等的人類旁若無人地在世上不斷繁衍，讓我覺得不是很愉快。

為何龍族高層不強行統治人類？

我曾經懷有這種想法。

雖然我在龍族中依然算是年輕，但當時的我比現在更不成熟。

這就叫做年少輕狂吧。

因此，當龍族的孩子偏偏被人類擄走時，我的心情可說是糟透了。

當時，龍族都在小小的領土中，過著安分守己的生活。

龍族身為支配者卻過著那種生活，讓許多人都心存不滿。

但是對龍族來說，輩分絕對不容逾越。

一旦龍族長老下達指示，年輕人就必須遵守。

就算心中感到不滿，只要那是龍族長老下達的指示，大家就會乖乖聽話。

因為龍的實力與年齡成正比。

不是像其他生物那樣，透過雙親的優劣來決定孩子的優劣。

正因如此，龍族長老都會受到敬重，每個孩子也都會受到同等的重視。

龍族都很長命，甚至沒有壽命的概念，個體實力又很強大，所以很少繁衍後代。

正因為數量不多，讓每個孩子都備受呵護。

但偏偏有人把龍族的寶貝擄走，這種行為就等於是去觸碰龍的逆鱗。

我跟那孩子毫無關係。

甚至不曾見過那孩子。

但連我都為此感到怒不可遏了。

可以想見那孩子的親人會有多麼憤怒。

就算他們在衝出去找孩子的同時，到處破壞人類的城市洩憤，也一點都不奇怪。

正因如此，跟那孩子非親非故的我，才會被派去監視那個被擄走的孩子。

不是救回，而是監視。

根據龍族長老的說法，「既然孩子是被人類擄走，就該由人類救回」。

若非如此，龍族就會失去原諒人類的名義。

聽到這個指示後，我發自內心的感想是：「有必要原諒他們嗎？」

不需要原諒他們，只要毀掉一座城市，藉此殺雞儆猴就行了。這就是我當時的想法。

但既然龍族長老下達這樣的指示，那我也不得不乖乖照做。

我負責監視那個被擄走的孩子，萬一在人類成功救出孩子之前，孩子就遇到危險的話，也有我能保障孩子的安全。

孩子是被某個犯罪組織擄走的。

龍族是優秀的種族。

自從知道有孩子被擄走後，就馬上找到犯人了。

而且還跟那些犯人躲藏的國家聯絡，命令該國用自己的雙手救回孩子。

人類也知道龍族有多麼可怕。

也知道擄走龍族的孩子是多麼嚴重的事情。

當時的我把擄走孩子的犯人與負責救回孩子的人類，都當成是同類，但現在回想起來，那些負責救回孩子的人類應該緊張得要命吧。

只要是稍微有點常識的人類，都不會跑去擄走龍族的孩子。

正因為犯人是缺乏常識的傢伙，才會做出這樣的蠢事。

簡單來說，那些擄走龍族孩子的傢伙都是笨蛋。

所以才會被人利用。

我後來才知道，這件愚蠢的綁票事件的幕後黑手就是波狄瑪斯。

為了研究龍這個強大的種族，那傢伙利用了那個實際下手的犯罪組織。

而且波狄瑪斯做得很周到，中間還隔著好幾個組織與人物，讓人沒辦法追查到他。

因為那傢伙很清楚惹火龍族會有什麼下場。

正因如此，他才會設下重重機關，讓人無法追查到他。

該說他是勇於對龍族下手的大膽狂徒，還是只會暗中搞鬼的膽小鬼呢？這點實在讓人很難判斷。

總之，這個事件讓那傢伙成功取得龍的部分身體組織。

像是那個孩子的毛髮與鱗片碎片等等。

那些身體組織被拿去創造嵌合體，但這件事有其他機會再說吧。

雖說是被波狄瑪斯利用，但那些實際動手的犯人依然不可饒恕。

對龍族下手就是這麼回事。

為了避免受到牽連，那個實際下手的犯罪組織所在的國家必須拚命解決這件事。

他們必須在被擄走的孩子受到傷害之前，平安無事地救回那孩子。

可是，我反倒希望那些犯人傷害那孩子。

因為這樣我就有了能把那個國家連同犯人一起毀滅的名義。

我收到的命令是監視那些犯人，避免孩子受到傷害。

還有就是在孩子將要受到傷害的時候，動用武力保護孩子。

在這種條件之下，我是被允許動用武力的。

我擅長空間魔術，一旦孩子受到傷害，就能用轉移術立刻趕到現場。

只要不是太過嚴重的傷害，就算孩子出事了，我也來得及救援。

既然如此，我覺得比起讓事件平安落幕，倒不如給人類一個教訓，讓他們明白對龍族出手會有什麼下場比較好。

我心中累積的怒火，就是強烈到會有這樣想法的地步，實在很難算是足夠理智。

再加上——

「老兄啊~你以為這裡是誰的地盤？」

還有人跑來找我麻煩，讓我的怒火變得更為旺盛。

為了暗中監視犯人，我選擇躲在人煙稀少的暗巷裡，才會遇到這種事情。

偽裝成人類獨自待在這種地方的我，在那些壞人眼中應該是個絕佳的獵物吧。

一群素行不良的年輕人把我團團圍住。
不管在什麼時代，都有這種傢伙存在。
我一點都不覺得自己遇到了麻煩。
因為在這種想法浮現之前，我就已經動手了。
畢竟我當時的怒火已經達到頂點，也不懂得區別人類。
不管是擄走那孩子的人類，還是試圖救回那孩子的人類，甚至是當時跑來找我麻煩的人類，在我眼中都是同類。
而那些人類對我露出了獠牙。
這樣的理由已經足以讓我發動攻擊。
那些素行不良的年輕人應該只是想勒索一點小錢，肯定想不到這隻肥羊會突然動手打算殺死自己。
而且他們八成連作夢都想不到，我這隻肥羊竟然是龍。
我揮出去的拳頭會快到讓他們來不及想到這種事，甚至沒發現自己早就死掉，就已經被大卸八塊——應該如此才對。
可是，我的拳頭沒能成功揮出去。
因為在我揮出拳頭之前，有人從背後抓住了我的手。
「嗚！」

我反射性地揮出另一隻手，用反手拳攻擊對方。

可是，我的反手拳被擋了下來，讓那股力道化為一陣衝擊波。

衝擊波把那些素行不良的年輕人全都震倒在地。

但當時的我根本沒時間去注意那種事情。

因為我被對方的反擊打飛出去了。

我有一瞬間無法理解到底發生了什麼事，回過神時已經整個人仰躺在地上了。

「警告。不准對原生物種進行物理上的干涉。」

有人低頭看著這樣的我，用有如機器般不帶感情的平靜聲音如此說道。

「我感測到龍族對原生物種的敵對行為。一旦你執行這樣的行動，就會牴觸到我的使命。我會用武力將你排除。」

那是無情的宣言。

即使知道我是龍族，對方依然敢放話，說如果我敢動手，就要將我排除。

而且她確實擁有能實現這件事的力量。

即使龍族自認是最強大的種族，卻還是無法統治這個星球。

其原因就在於，有個實力強過龍族的存在，在保護這裡的原生物種。

那傢伙就是在現代被稱作女神的莎麗兒。

在初次見面時就互相攻擊，不但把我打倒在地上，還放話說要將我排除。

這就是我和莎麗兒的邂逅。

如何？這樣的邂逅一點都不浪漫對吧？

間章　波狄瑪斯的初衷

我無法認同。

為何人類終須一死？

為何死亡無法避免？

死亡就是結束——我這個存在的結束。

我無法認同那種事情。

我不想死。我害怕死亡。

其他人為何有辦法接受死亡？

因為無法避免嗎？因為那就是我們的命運嗎？

無聊。太無聊了。

不願意付出努力避免死亡，只是在世界上苟活。

那種怠惰的生存之道，讓我看了就想吐。

我可不願意接受這樣的命運，就這樣乖乖等死。

我要得到永恆的生命。

可以不用畏懼死亡的永恆生命。

我一定要做到。

不惜使用任何手段。

2 宣告決戰開始的鐘聲

在蒼鬱的森林之中。

有道跟這片自然景象格格不入的結界。

我、魔王和人偶蜘蛛四姊妹與魔族軍分頭行動，來到這道結界前面。

打頭陣的帝國軍總算抵達保護著妖精之里的結界外緣。

再來只要想辦法破壞這道結界，大軍就能攻進妖精之里了。

不過，這道結界是個大問題。

這道結界非常堅固！

防禦力強到就算被女王蜘蛛怪使出全力的吐息擊中，也完全不會撼動的地步。

也許有人會覺得這個例子非常具體。

這也理所當然。因為我們過去早就實際做過測試了。

除了有妖精之里這件事，其實這座卡拉姆大森林還有一件廣為人知的事情。

那就是這裡是女王蜘蛛怪的棲息地。

沒錯，跟住在艾爾羅大迷宮裡的老媽同種的女王蜘蛛怪，也棲息在這座森林裡面。

理由可想而知。

那就是為了在這裡監視魔王的不共戴天之仇敵波狄瑪斯。

雖然妖精之里因為受到結界保護而無法出手，但是讓女王蜘蛛怪定居在結界附近，就能持續對波狄瑪斯施加壓力。

因為有這隻女王蜘蛛怪定居在這裡，讓波狄瑪斯也無法輕易解除結界。

為了避開女王蜘蛛怪的棲息地，妖精想要進出時就只能依賴轉移陣的長距離轉移。

順帶一提，為了避免妨礙帝國軍進攻，這隻女王蜘蛛怪目前被派去其他地方了。

那就是妖精之里的另一側，也就是帝國軍的對面！

換、句、話、說，那些妖精將會被帝國軍與女王蜘蛛怪率領的蜘蛛軍團夾擊。

真是太棒了！

可是！如果想要實現這件事，就得設法解決掉這道連女王的全力吐息都能擋住的結界。

這道結界似乎是波狄瑪斯動員所有智慧打造而成，一直都在拚命浪費ＭＡ能源，才能一直發揮出驚人的防禦能力。

只要想到系統慢慢累積的能源，都被這道結界白白浪費掉了，就讓我覺得非常生氣！

可惡～我好想打爛這道結界～

可是，我還不能動手。現在還不是時候。

我正在等待暗號。

在破壞結界之前，還有一件事情非做不可。
那就是破壞轉移陣。
轉移陣是任何人都能使用的長距離移動手段。
同時也是因為結界而與世隔絕的妖精之里，與外界聯繫的唯一出口。
如果不先破壞掉這個出口，就算我們包圍住妖精之里，也會被妖精們逃掉。
而且還是逃到位在遠方的另一個轉移陣。
就算我們想要追上去，只要對方把另一端的轉移陣破壞掉，我們就追不到了。
據說在多年來的追蹤與調查之下，神言教姑且有掌握到幾個轉移陣的出口。
但也無法斷言神言教沒掌握到的轉移陣並不存在。
因為這個緣故，我們才會想要從已知的轉移陣入侵妖精之里，從內部把轉移陣統統破壞掉。
幸好妖精之里中的轉移陣有著必須越過結界這個限制，全都集中在同一個地方。
因為結界構造上的問題，讓所有轉移陣都得聚集在同一個地方，先把管道全部集結在一起，通過能通往結界之外的漏洞，然後才分別連接到外面的各個轉移陣。
這是我在事先調查結界時發現的事情。
因為對方是波狄瑪斯，我不敢斷言絕對沒有藏在其他地方的轉移陣，但根據我調查的結果，並沒有找到可疑的結界破口，所以應該沒有才對。
因此，我們是有可能把轉移陣一網打盡的。

沒錯，我正在等待的暗號，就是潛入妖精之里內部的人員，成功破壞掉轉移陣的通知。

而負責潛入妖精之里內部的人，就是轉生者之中的草間同學。

他前世的名字是草間忍。

據說他的轉生者專屬技能就是「忍者」……

這絕對跟名字有關係吧？

會不會太隨便了？

D那傢伙做事情還真是草率……

不過，據說這位草間同學是出生在神言教的暗部家族之中。

換句話說，他就像是神言教僱用的忍者。

就算是波狄瑪斯，也沒辦法從跟神言教關係密切的家族中帶走草間同學，讓他在轉生者之中成了唯一得以過著與妖精毫無瓜葛的生活。

不過，因為他出生在暗部家族這種特殊的環境，所以似乎也並非過著安穩的生活就是了。

證據就是，草間同學接受過暗部的訓練，而且跟「忍者」這個專屬技能十分契合，似乎讓他有著不錯的實力。

不過，雖說實力還不錯，但也只是以人類為基準。

即使如此，如果只是要他暫時潛入妖精之里，把轉移陣炸掉的話，似乎還難不倒他。

順帶一提，用來炸掉轉移陣的武器，是鬼兄親手打造的會爆炸的魔劍——炸裂劍。

名為魔劍，但那東西就跟炸彈沒兩樣。
就算只用一把，也有著足以炸毀所有轉移陣的破壞力。
而鬼兄竟然大量生產那種武器。
外表明明像是一名劍士，但其實根本就是個炸彈魔。
我覺得這算是一種詐欺。
虧我還用自己的絲，幫他做了一件跟武士刀很搭的和服耶。
純和風的鬼劍士。
可是，其實他是一名炸彈魔。
真是太扯了～
而鬼兄和草間同學在前世似乎算是好朋友，當我們去跟神言教開會討論時，他們兩個好像經常在休息時間碰面敘舊。
鬼兄之所以把炸裂劍交給草間同學，我想應該是拿來當成餞別禮吧。
不過，我沒有那種可以敘舊的朋友，所以對這種事情也不是很懂啦！
我一點都不羨慕他們喔！
我一邊做出莫名其妙的辯解，一邊看向結界內部。
因為這道結界是透明的，所以在外面也能看到裡面的情況。
既然可以看到裡面的情況，就代表可見光能夠通過，裡面也不可能是完全密閉，所以空氣應該也能通過。

考慮到這點，就讓我想到不少邪惡的主意，但我能想到的手段，魔王與教皇不可能沒試過，所以波狄瑪斯應該早就做好防範的對策了。

這結界還真是討厭耶～

不過，只要本小姐出手，想毀掉這種結界根本是易如反掌啦！

草間同學成功破壞掉轉移陣以後的作戰內容，就像下面這樣。

首先是由我來破壞掉保護妖精之里的結界。

這時我們會動點手腳，把這偽裝成是帝國軍努力施展的新型大魔法的戰果。

這樣應該就能掩人耳目才對。

然後讓夏目同學率領的帝國軍進軍。

由於夏目同學累積的仇恨值很高，那些妖精肯定都會殺向他才對。

至少山田同學一行人應該會去找他。

如果不是這樣的話，那我就傷腦筋了。

無論如何都得避免讓魔王與山田同學碰面。

不過，我相信邱列邱列的分體，也就是哈林斯會幫忙解決這個問題。

哈林斯，這件事就交給你了喔～

請務必要把勇者一行人帶到夏目同學那裡喔～

然後，當妖精軍把目光放在帝國軍身上時，就讓魔族軍開始進軍。
從妖精軍的側面展開攻擊。
魔族軍已經交給梅拉和鬼兄指揮了，打頭陣的帝國軍也有吸血子坐鎮，所以不成問題。
要是有個萬一，也還有菲米娜在旁邊幫忙。
就算妖精的戰力比我們想得還要強，他們應該也能穩住戰局平安撤退。
坦白說，只要有吸血子和鬼兄在場，就沒有什麼好擔心的吧。
然後，我還會把蜘蛛怪軍團送給同時被帝國軍與魔族軍進攻，不得不展開雙線作戰的妖精軍。
而且還附上一隻女王喔！
光是有一隻女王就夠可怕了，還有多達十四隻的超級蜘蛛怪。
上級蜘蛛怪也有五十一隻。
再加上數之不盡的其他蜘蛛怪。
我甚至覺得可能只靠這些蜘蛛怪就夠了。
一般來說可是會死人的。
可以想見戰場肯定會變成人間煉獄，而我和魔王將會趁亂潛入妖精之里。
我們要去確保轉生者的人身安全，並且殺掉波狄瑪斯的本體。
只要能殺掉波狄瑪斯的本體，這場戰爭就等於贏了。

我們已經把他在妖精之里外面的分體全部解決掉了。

吸血子在王國裡解決掉的分體，恐怕就是最後一個。

為了解決掉波狄瑪斯最後的分體，我們才會在王國裡引發政變，害得山田同學一行人遇到那些倒楣事，但這也怪不得我們。

都是波狄瑪斯躲在王國暗中搞鬼惹的禍。

換句話說，一切都是波狄瑪斯的錯。

不是我的錯。

不過，多虧了這個大規模的行動，我們成功地從王國裡清除掉波狄瑪斯的分體，以及他所造成的影響。

就算有漏網之魚，波狄瑪斯也沒辦法跟我一樣，把靈魂從本體轉移到分體。

因為波狄瑪斯的本體就是本體，分體只是從遠處操控的軀體。

所以，只要殺掉他的本體，分體就會變得失去意義。

不管是帝國軍還是魔族軍，甚至連蜘蛛怪軍團都只是誘餌。

擔任第一個誘餌的帝國軍應該會死傷慘重，但他們原本就只是被找來當棄子的軍隊。

只要他們能夠拖住妖精軍就夠了。

魔族軍與蜘蛛怪軍團負責擾亂戰局。

身為主力的我和魔王則趁機展開行動。

坦白說，光是我和魔王兩個人的戰力，就比全軍加起來還要強了。

而我和魔王正在互瞪。

「小白，不管妳說什麼，就只有這件事我絕不退讓。」

「我說不行就是不行。」

周圍籠罩著緊張的氣氛。

跟我們同行的人偶蜘蛛四姊妹受不了這種緊張的氣氛，全都害怕得瑟瑟發抖。

我和魔王都堅持己見，僵持不下。

至於我們爭執的原因，則是該由誰去殺掉波狄瑪斯這個問題。

因為老師的緣故，讓我很想去修理波狄瑪斯一頓。

那個混帳不但欺騙我前世的恩人，讓她夜以繼日地去收集轉生者，還為了把她變成自己的分體，讓自己的部分靈魂寄生在老師的靈魂之中。

想也知道我不可能原諒他吧！

更進一步地說，因為波狄瑪斯的實力深不可測，讓實力比魔王更強的我去對付他，才是比較保險的做法。

相較之下，儘管魔王也明白這些事情，卻還是說她想跟波狄瑪斯決一死戰。

魔王過去一直被波狄瑪斯惡搞，對他懷恨在心。

魔王對他的恨意應該遠遠強過我才對。

可是，對方可是那個波狄瑪斯．帕菲納斯。

他是憑藉一己之力與全世界為敵，長期以來一直暗中搞鬼的男人。

只要回顧過去的戰鬥，就不難想見波狄瑪斯持有的戰力，甚至足以匹敵魔王。

想到魔王可能因為這種無聊的事情發生意外，就讓我想要選擇保險的做法。

明明如此，就算聽我做完說明，魔王也還是打死都不願意退讓。

如果只有這樣，那倒還無所謂。

我很想親手把波狄瑪斯大卸八塊，但魔王也跟我一樣，甚至比我更想。

就算要我把這個機會讓給她也行。

只要她願意接受我的幫助。

「至少答應讓我助妳一臂之力吧。」

「我拒絕。這是我的鬥爭，誰也不能插手。這是我的主張。」

這就是她的回答。

魔王堅持要獨自去做個了斷。

完全不允許我和其他部下幫忙。

她想要單槍匹馬去戰鬥，替這段漫長的因緣劃下句點。

即使她剛剛才說出「我沒叫妳別幫忙」這種話。

「我知道這是個任性的要求。可是，就只有這件事我無法退讓。波狄瑪斯必須由我親手解

決。因為那傢伙是我的……」

魔王露出下定決心的眼神。

被她用那種眼神筆直盯著看，讓我覺得自己好像做了什麼壞事。

「妳可能會死喔。」

「這我當然明白。我的壽命原本就所剩不多了。就算死在這裡，我也不會後悔。因為我相信就算自己死了，也還有妳會代替我解決掉波狄瑪斯。」

她明明露出一副死也要帶著波狄瑪斯一起死的表情，竟然還有辦法說出這種話。

唉～

真沒辦法～

我大大地嘆了口氣。

既然她都說到這種地步了，那我也不得不退讓。

魔王準備賭上她漫長人生的一切去挑戰波狄瑪斯。

她要賭上自己的驕傲。

我不可能否定她這樣的行為。

因為她很清楚只要這麼說，我就不得不退讓，所以才惡劣。

「我不會原諒的。」

「咦？」

「要是妳死了，我絕對不會原諒妳的。一旦妳死了，我就會在那一瞬間捨棄這個世界，逃到其他地方。如果不想讓我做出那種不負責任的行為，妳就一定要活下來。知道了嗎？」

「……遵命。老大。」

我無法直視露出又哭又笑的表情敬禮的魔王，忍不住別過頭去。

就在這時，我正好遠遠地看到結界裡發生爆炸。

看來草間同學似乎成功炸掉轉移陣了。

這樣我就能放心破壞這道結界了。

於是，我先拿出保管在異空間裡的某樣道具。

「咦？」

看到那東西後，魔王驚訝得睜大眼睛，頭上也冒出問號。

這也理所當然。

因為我拿出來的東西是一根球棒。

這是我在D家裡找到的整人道具之一。

只要揮舞這根球棒，就絕對能轟出全壘打。

雖然這種效果好像似曾相似，但這根球棒的效果還不只有這樣。

用這根球棒打在生物身上，也能夠轟出全壘打。

聽起來有點莫名其妙，但簡單來說就是能把東西打飛到遠方。

而且遠到很誇張的地步。
然而，當事人卻只會受到有點痛的小傷。
不管被打飛多遠，就算從飛出去的地方摔落到地面，也只會受到有點痛的小傷。
不管使出多大的力氣使勁揮棒，傷害也不會超過某個程度。
簡直莫名其妙。
這東西是個莫名其妙的整人道具，但能把人打飛出去的效果，卻是貨真價實的。
就算只是整人道具，也是放在D家裡的真正神器。
話雖如此，其效果有著非常大的侷限，只能發揮在球與生物身上。
球就算了，為何連生物都能變成全壘打的對象，實在是很莫名其妙……
對其他東西則完全沒有反應，就算敲下去也不會發生任何事情。
因此，就算拿這根球棒毆打結界，也不會發生任何事情。
但是！有個辦法能解決這個問題！
我拿出白色的大鐮刀。
這是我的主力武器。
我用右手拿著大鐮刀，左手拿著球棒。
然後大大地吸了口氣。
「合體！」

我把這兩樣東西合在一起！

「咦咦～……」

魔王在我身後發出傻眼的聲音。

可是，雖然這畫面確實讓人無言，但我可是非常認真地在做一件危險的事情喔！

畢竟其中一樣東西是D精心打造的神器啊。

而我正試著把那件神器跟自己的主力武器合為一體。

其實就等級來說，這根球棒比大鐮刀還要高級。

明明只是個整人道具……

所以，這次的合成可說是超級困難。

我會在這種緊要關頭做這件事，是因為覺得就算合成失敗，只能使用一次，也能發揮出足以破壞結界的威力。

在這種情況下，球棒將會消滅，大鐮刀不會有所改變，或是最糟連大鐮刀的性能都會下降。

即使如此，還是有放手一試的價值。

因為要是成功了，說不定就能強化大鐮刀的性能！

嗚喔喔喔喔喔！

給我成功吧！

我手中的大鐮刀與球棒發出光芒，接著球棒就逐漸被大鐮刀吸收進去了。

我能感覺到有一股驚人的能量，正被灌注到大鐮刀之中。

為了不被那股難以駕馭的能量牽著走，我揮舞還在發光的大鐮刀。

帝國軍差不多要施展大魔法了。

我只需要抓準時機，盡全力揮舞這傢伙就夠了。

那就……

打者就位！

白選手出棒了！

是全壘打！

我的老天爺啊！

結界被全力揮出的大鐮刀直接擊中，輕而易舉地就徹底瓦解了～！

……可以輕易粉碎那道結界的球棒，力量果然很厲害。

我檢查手上的大鐮刀。

已經感覺不到剛才那股龐大的能量了。

嗯～看來合成姑且算是成功了，但強化幅度好像並不大。

為了破壞結界，絕大多數的能源都被用掉，剩下的都被大鐮刀吸收掉了。

只比原本的還要強上一些。

算了，我就把這當作是成功了吧。

「小白，剛才那根感覺超級邪惡的球棒是怎麼回事？」

「魔王，世上有很多不要知道比較好的事情喔。」

魔王向我打聽球棒的事情，但我希望她不要過問D精心打造的方便道具的事情。

畢竟那些道具雖然很方便，但用了的後果都很可怕。

因為那可是D做出來的東西喔。

總覺得都被下了很可怕的詛咒，讓人想到就害怕。

雖然我有仔細做過檢查，確認沒有那種詛咒後才使用就是了。

不過對方可是D，就算東西都被動了手腳，能夠避開我的檢查也不奇怪。

即使如此，該用的時候還是要用。

因為那些東西都很方便！

事實上，要是沒有使用那根球棒，想要破壞結界應該會相當費力。

不過，比起考慮那種事情，現在更應該行動才對。

我用萬里眼綜觀整個妖精之里，發現結界消失這件事讓妖精們陷入慌亂，帝國軍也在夏目同學的帶領下，意氣風發地開始進軍。

我看向轉生者居住區。

看樣子妖精目前還沒對轉生者們做出什麼事情。

嗯～就算放著不管，應該也沒問題。

「很好，那我們就出發吧。」

趁現在妖精們都把目光放在帝國軍身上，我們也該去做自己的工作了。

於是，我們開始移動。

我負責在前面替魔王等人帶路。

如果只有我獨自行動，就能用轉移術到處移動，但魔王沒辦法這麼做。

而且要是我使用轉移術，八成會被對方察覺到空間的震動，讓我方的動向被發現。

雖然我們可能已經被發現了，但也可能還沒被發現，還是要盡量保持隱密行動。

我往沒有妖精的方向前進。

用人偶蜘蛛四姊妹能勉強跟上的速度穿過森林。

在此同時，也沒忘記繼續用萬里眼收集情報。

雖然我試著集中精神觀察整個妖精之里，但還是找不到波狄瑪斯的所在位置。

看來他躲在很隱密的地方。

這種謹慎實在很像是波狄瑪斯的作風。

可是，到處都找不到他這件事，反倒成了鎖定他藏身處的線索。

既然這樣都找不到他，就表示他躲在讓人找不到的地方。

話雖如此，但他不可能躲在村子外面。

因為波狄瑪斯設下了那麼強大的結界，不可能還冒險把本體放在外面。

本體肯定就在最安全的結界之中。

而且是在結界之中也找不到的地方。

想到這裡，我就有辦法鎖定地點了。

那就是地底下。

既然我找遍地面上都找不到人，那就只有這個可能性了。

我們必須找到那條通往地底下的通道。

可是，我沒必要特地去找。

在地面上完全看不到波狄瑪斯持有的超高科技機器人。

既然如此，那些兵器應該也跟波狄瑪斯的本體一樣藏在地底下。

我們這次發動的襲擊，不靠那些戰力可抵擋不住。

他肯定會在某個時間點派出那些兵器。

到時候我們只要去襲擊那些兵器出現的地方就行了。

因為那些兵器出現的地方，應該就是通往波狄瑪斯的密道。

話才剛說完，我們前方一公里左右的地面就突然打開，不斷跑出機器人。

哇喔～

那些傢伙的外表，就像是某星球戰爭的電影中的機器人。

它們有四隻手臂，還有四條腿。

四隻手臂上都裝備著槍械。

這些充滿科幻風格的機器人，跟這個奇幻世界一點都不搭調。

在機器人來到地面上的同時，也開始往我們這邊移動。

看來敵人已經發現我們的行蹤了。

它們靈活地運用那四條腿，在森林中快速奔馳。

好快。

如果換算成能力值的話，大概在五千左右吧。

雖然那種程度的速度對我和魔王來說不算什麼，但人偶蜘蛛四姊妹可能會稍微陷入苦戰。

人偶蜘蛛四姊妹的能力值超過一萬，但沒人知道那些機器人裝備的武器有多大威力，更重要的是數量太多了。

「敵人來了。我去對付它們。」

我簡短地這麼告訴魔王等人。

然後就這樣快速移動，在機器人來到肉眼可見的距離之前，搶先發動魔術。

許多黑暗子彈襲向機械軍團。

機器人完全無法抵擋，就這樣被射穿摧毀。

……好弱。

這就是波狄瑪斯的戰力嗎？

不，不可能。

他的戰力不可能只有這種廢鐵。

不過，我成功找到通往地底下的入口了。

我無視被破壞掉的機器人殘骸繼續前進，抵達機械軍團出現的入口。

雖然對方急著關閉入口的大門，卻被我用蠻力加以阻止。

正確來說，大門被我直接破壞掉了。

機械軍團出現的入口後方是陡峭的下坡。

波狄瑪斯就在這下面。

給了魔王一個眼神後，魔王默默點了點頭，然後就往下走了。

接下來的路，只有魔王一個人走。

因為那是魔王的願望。

我們無法插手。

不過，為了在旁邊守候著她，我偷偷派出極小隻的分體跟了上去。

魔王，妳絕對不能死喔。

好啦，那我就做好自己的任務吧。

王2 曾是實驗動物的王

儘管非我所願，那個名叫波狄瑪斯·帕菲納斯的男子，還是在我的人生中占了非常大的比重，無論如何都擺脫不了。

從我出生至今，那名男子的影子一直如影隨形。

因為雖然我非常不情願也不想承認，但他跟我是有血緣關係的父女。

話雖如此，那名男子不曾把我當成女兒對待過。

雖然事到如今早就無法確認，而我也完全不在乎，但他應該連幫我報戶口都沒有吧。

換句話說，他沒認過我這個女兒。

這也理所當然。對那個男人來說，我只不過是實驗動物罷了。

我最早的記憶，是躺在某個實驗室的床上。

雖然早就記不清楚細節，但我一直都躺在那個像是實驗室的地方。

與其說是躺在那裡，正確答案應該是我沒有其他選擇才對。

我無法起身，只能整天躺在床上。

當我懂事時，就已經是這個樣子了。

幸好電視一直都開著，讓我很自然地學會說話。

波狄瑪斯讓我看的節目偏向教育系，我躺在床上也能學到不少知識。

不過，就連這應該也只是波狄瑪斯想要觀察，我能不能具備普通水準的智商的實驗一環吧。

沒錯，這是一場實驗。

我是為了實驗而誕生的。

我不知道自己的母親是誰。

甚至不曉得到底有沒有這個人。

因為我不是普通的人類。

當時的波狄瑪斯正在研究嵌合體。

那是一種把不同動物的基因結合在一起，創造出全新物種的實驗。

我就是透過那種實驗誕生的嵌合體。

我說波狄瑪斯是我父親，並不是波狄瑪斯讓母親懷孕生下我的意思。

而是波狄瑪斯用自己的基因為基礎，創造出嵌合體的意思。

我到底是在試管中出生，還是透過母體出生，如今早已無從得知。

我想實際情況應該比較接近前者，是用不需要母體的某種方法生下我才對。

因為我體質上的緣故，母體應該會承受不住吧。

我的體質就是讓我不得不臥病在床的原因。

那就是毒。

雖然我是以波狄瑪斯的基因為基礎，結合了各種生物的基因而誕生的，但其中又以蜘蛛的基因表現得特別明顯。

我的身體擁有製造出蜘蛛毒的能力。

我的外表跟人類一模一樣，沒有表現出毒以外的特徵，所以當時根本無法得知那是蜘蛛基因造成的結果。

我是在後來系統開始運作，在技能與稱號中出現跟蜘蛛有關的語句，才知道這件事。

在那之前，我只知道自己的身體受到毒素侵蝕。

沒錯，儘管我的身體會製造毒素，但遺憾的是沒有能夠分解那些毒素的能力。

因為這個緣故，我的身體隨時都處於中毒的狀態，就連想要正常生活都辦不到。

如果不一直躺在床上，透過點滴補充營養和用來中和毒素的藥物，就無法活下去。

與其說我活著，倒不如說是不讓我死。

我偶爾會被抽血，完全就是被當成實驗動物對待。

一旦我身體的資料都被收集完畢，說不定就會被殺掉了。

那男人是個冷血無情的傢伙。

幸好在被處理掉以前，我就被莎麗兒大人救出來了。

在我獲救的不久之前，波狄瑪斯似乎難得犯了某個大錯，被全世界的人追捕。

而且在世界各地都找到了跟我一樣被當成實驗動物對待的嵌合體孩子，由莎麗兒大人率領的沙利艾拉協會負責保護。

嵌合體中有許多跟我一樣情況特殊的孩子，沒辦法被普通的孤兒院收養，必須有醫療機構的配合。

此外，當時的社會也不知道該如何對待像我們這樣的嵌合體，由於我們是在世界各地被救出來，讓我們的國籍問題也引起了紛爭。

其中有些孩子擁有高危險性或高實用性的特徵，讓世界各國不得不謹慎對待這些嵌合體。

而被選出來處理這個問題的組織，就是在世界各地都有展開活動，不屬於任何國家的慈善團體——沙利艾拉協會。

沙利艾拉協會也有經營醫療事業，還有經營自己的孤兒院。

而且不屬於任何國家，立場完全中立。

不可能把這些嵌合體當成生物兵器對待。

沒有比沙利艾拉協會更適合收留這些嵌合體的組織了。

雖然有些國家試圖把實用性高的嵌合體藏匿在自己國家，但由於沙利艾拉協會的會長莎麗兒大人率先趕到現場救人，所以漏網之魚並不多。

當我們得知不是完全沒有漏網之魚的時候，已經是系統開始運作後的事情了。

即使是莎麗兒大人與沙利艾拉協會，也沒辦法成功救出所有人。

可是，就算是這樣，莎麗兒大人還是盡自己的最大力量，把我們救出來收養。

有些嵌合體跟我一樣，肉體遲早會死去。

有些嵌合體跟我一樣，精神遲早會死去。

雖然結局都很悲慘，但我們確實被莎麗兒大人救了一命。

孤兒院裡聚集了許多沒有名字的嵌合體。

他們才是我真正的手足。

在那間孤兒院裡度過的每一天，是我人生中最幸福的時光。

正因如此，我無法原諒奪走那段幸福時光的波狄瑪斯。

我絕對要親手葬送那傢伙。

……絕對。

『真是慘不忍睹啊。』

從不知道擺在哪裡的擴音器，傳來令人非常不愉快的聲音。

『妳也就只有這種程度罷了。我需要提防的敵人就只有邱列迪斯提耶斯。我一直都把真正的神當成假想敵備戰，妳該不會真的以為自己有勝算吧？所以妳才會一直都是個長不大的小女孩。』

不知道是不是我想太多了，總覺得這傢伙比平常還要多話。

也許他現在就是這麼開心吧。

『話雖如此，我們認識這麼久了。在最後對妳手下留情也很失禮。妳有資格讓我使出全力殺掉。我對妳的評價很高，高到讓我甚至想要派出這台為了對付邱列迪斯提耶斯而製造的光榮使者Ω。』

擴音器裡的聲音用平靜的語氣，說出讓我開心不起來的評價。

在我眼前有台機械兵器正俯視著我。

『真是令人感慨。我們多年來的交情，就要在今天劃下句點了。外面的傢伙也很快就會被我擺平。永別了，我最失敗的作品。』

於是，那台機器人朝向我揮下刀刃。

間章　波狄瑪斯的實驗

人都免不了一死。

這是無法改變的事情。

那到底該怎麼做才能不死？

答案很簡單。

只要成為超越人類的存在就行了。

幸好這個世界有著龍這種顯然超越人類的存在。

而且根據目前為止的觀測結果，這種族沒有壽命的概念。

如果可以把龍的基因跟人類結合在一起……

為了達成這個目的，我不斷進行實驗。

有時候是用我透過克隆技術製造的複製人。

有時候是用透過克隆技術製造出來，繼承我基因的孩子。

有時候是用跟我完全無關的孤兒。

但是，沒有一次成功。

離我追求的永恆生命還有一大段距離。

在實現那個目標之前，我要不斷進行實驗。

幸好我從不缺實驗動物。

黑2　獨白　流浪天使與龍

雖然我和莎麗兒的邂逅非常有震撼力，但在那之後並沒有發生什麼大事。

我感受到雙方實力的差距，直接棄械投降了。

人類剛好在那時候出手救人，並且成功救出孩子，讓我們當時只能就這樣糊里糊塗地離別。

因為我必須從人類那邊接手照顧被救回來的孩子，莎麗兒則是在事件落幕後就馬上消失了。

我們沒有更多的交流。

而且照理來說，我們之後也應該不會有機會交流。

莎麗兒與龍族正處於冷戰的狀態下。

如果不刻意去接觸，彼此幾乎不會有所交流。

龍族的小夥子沒機會跟莎麗兒在正式場合上碰面。

但如果不是在正式場合上，那就另當別論了。

因為我從來不曾被龍族以外的人打倒在地上。

這讓我對莎麗兒很感興趣。

因為那件事就是這麼有震撼力。

當然，我當時還沒有愛上她。

我自認沒有那種會愛上揍倒自己的人的特殊性癖。

與其說是感興趣，不如說這是因為有戒心而採取的行動吧。

對一直待在龍族這個狹小社群的我來說，莎麗兒是我頭一次在外面遇到的敵人。

防備外敵是生物的本能吧？

因為這個緣故，我開始調查並監視莎麗兒。

這種行動後來被某人說成是跟蹤狂，讓我受到不小的震撼，但現在回想起來，就連那件事也變成了好笑的回憶。

莎麗兒到底是在什麼時候來到這個星球，沒人知道正確的答案。

可以肯定的是，她是在龍族來到這裡以前就存在了。

翻開人類的歷史，到處都能找到疑似莎麗兒的人物的描述。

換句話說，在人類開始記錄歷史時，她就已經存在了。

那莎麗兒到底是何方神聖？

莎麗兒的真實身分是天使。

而且還是離開天使集團的流浪天使。

那天使又是什麼？

就算這麼問我，我也無法明確回答。
龍是什麼？人是什麼？
這就跟我無法明確回答這兩個問題是一樣的道理。
如果要無視於這種哲學上的意義去回答，那就只能說明天使這個種族的特徵了吧。
所謂的天使，簡單來說就是專門對付神的戰鬥種族。
天使不知為何把消滅神當成自己的使命，與諸神展開永無止境的鬥爭。
只要對方是神，不管是哪個勢力的神，都會一視同仁展開攻擊。
我不認識莎麗兒以外的天使。
這些事情都只是聽說的。
天使為何這麼仇視神？
原因我也不知道。
更何況，天使這個種族充滿了謎團。
甚至就連天使本人，似乎都有許多無法理解的地方。
據說天使是在遠古時代，遠比我誕生還要早的時候突然出現。
根據天使出現的方式，以及那種忠於使命的生存之道，讓人懷疑天使是某人創造出來的神造種族。
還有一種說法，是那個某人就是宇宙本身，而天使就像是抗體一樣，為了對抗生存在宇宙中卻只會帶來破壞的神，而被創造出來的種族。

無論如何，真相我無從得知。

天使這個種族的來歷大致就是這樣，但天使最明顯的特徵，就是其強大的戰鬥能力。

即使與包含龍族在內的眾神為敵，天使這個種族依然強大到有能力存續。

據說就連最底層的天使都能與神匹敵，而且他們還會成群結隊襲擊敵人。

即使在天使之中，莎麗兒的戰鬥能力也算是頂級的。

過去定居在此地、身為我上司的龍族，之所以只能低調過活，就是為了避免被莎麗兒消滅。

莎麗兒似乎擁有能夠單槍匹馬殺光這顆星球上的龍族的實力。

而莎麗兒的使命正是保護這顆星球上的原生物種。

正是因為這個理由，讓龍族無法隨便對人類出手。

天使這個種族實在是很不可思議，從誕生就被賦予使命，並且一直為此展開行動。

為了達成自己的使命，他們可以不擇手段。

儘管有些缺乏應變能力，卻會忠於使命展開行動。

照理來說，一旦他們達成那個使命，就會接到其他使命，並且重新展開行動，但偶爾也會出現那種執著於一個使命的天使。

一旦出現這種情況，該天使就會試圖延續那個早已達成的使命，或是繼續挑戰那個不可能達成的使命，做出在旁人眼中毫無意義的行為。

而因為這樣遠離其他天使，變得獨來獨往的天使，就叫做流浪天使。

莎麗兒就是流浪天使。

她的使命是保護這顆星球的原生物種。

以前曾經有外來的神發動進攻，試圖支配這個星球。

為了抵禦侵略，莎麗兒才會被派來這裡。

照理來說，莎麗兒的使命應該會在擊退那些神的時候宣告結束，然後她會得到全新的使命，轉戰其他地方才對。

可是，在這個過程中似乎發生了某種問題，莎麗兒才會繼續待在這裡。

同時繼續執行她原先被賦予的使命——保護這個星球上的原生物種。

天使的橫向連結很薄弱。

可說是完全沒有。

因此，一旦天使離開群體，就不會有其他天使前來回收。

即使是莎麗兒這樣的高階天使都被放生了。

在橫向連結很強大的龍族眼中，這個種族的協調性低到不可思議的地步。

不過，我這個流浪龍族應該沒資格說這種話吧。

因為天使的橫向連結很薄弱，莎麗兒才會長時間被放置，而人類這個原生物種也在莎麗兒的保護之下不斷擴展勢力。

龍族就是看中這點，才會偷偷移居到這個星球。

事到如今，我早已無法得知龍族高層當時的企圖，但他們應該也想順利拉攏莎麗兒吧。

雖然龍族自認是生物的頂點，但也不能無視其他種族。

龍族覺得既然自認是頂點，就有義務帶領底下的其他種族。

雖然其他種族可能會覺得這種說法很傲慢，但龍族對接受自己庇護的種族十分寬大。

這可不是在運用糖果與鞭子的法則，雖然龍族對敵人毫不留情，但對於加入己方陣營的人，則會保證給予最大限度的庇護。

然後，因為龍族的壽命很長，有時候也會採取花時間慢慢擴大勢力的策略。

龍族在這個星球採取的策略，應該也是慢慢拉攏人類，不斷拓展龍族的勢力範圍，最後把莎麗兒保護的所有原生物種都置於支配之下吧。

這樣一來，就連負責保護原生物種的莎麗兒，也會自動置於龍族的支配之下。

因為實際情況是龍族的勢力範圍只有一小塊領土，可見這個計畫有多麼遠大，但那是以人類的觀點來看，對於壽命無限的龍來說，只不過是多花了點時間罷了。

人類世代交替的速度很快。

只要經過幾個世代，很快就會變得完全不同。

如果當代人對龍族感到厭惡，只要逐漸改變其孩子、孫子或曾孫的認知，慢慢加以懷柔就行了。

遺憾的是，在這個計畫實現以前，波狄瑪斯就改變了一切，讓局勢變得無法挽回……

我偶爾會這麼想。

要是波狄瑪斯沒有改變這個世界的樣子，繼續讓莎麗兒與龍族保持微妙的均衡，現在不知道會是什麼情況。

我想莎麗兒應該不會有變化吧。

雖然某人期待我能讓莎麗兒改變，但我覺得自己應該無法改變她。

如果世界沒有改變，一直延續到現在，莎麗兒應該還在繼續保護原生物種吧。

如果是這樣的話，那我又會是什麼樣子？

……我也不知道答案。

連我都無法想像自己在那種情況下會是什麼樣子。

如果世界沒有經過變革，就不會有現在的我。

正因為發生了那件事，才會形成現在的我，如果那件事沒發生的話，我就不會是我了。

我無法想像也很正常。

無論如何，就算想像那種可能發生的未來也無濟於事。

那終究只是有可能發生的未來，只是現實中不存在的幻想。

……話題好像扯遠了。

糟糕。

難不成達斯汀的壞習慣也傳染給我了嗎？

總之，關於天使與流浪天使，還有龍族的企圖這部分，大致就是這樣了。

那莎麗兒負責的原生物種保護工作，又到底是怎麼回事？

前面已經提到，在人類歷史中到處都能找到疑似莎麗兒的人物的描寫，其登場方式與傳說有好幾種版本。

有時候她會引發奇蹟拯救人們，有時候又會反過來被當成魔女。

在比較早期的傳說中，她還曾經向濫捕野獸的人類提出警告，並在不久後下達天罰。

此時的莎麗兒似乎還會在意生態系的平衡，把目光擺在所有原生物種上。

可是，不知道從什麼時候開始，莎麗兒的保護對象逐漸偏向人類。

天使是會忠於使命的種族，但並非沒有自我與想法。

如果是這樣，那她會想要偏袒可以交流的人類，也不是什麼奇怪的事情。

翻開人類歷史，可以找到莎麗兒摸索與人類相處之道的描述。

在人類歷史的早期，可以找到許多她對人類進行大規模干涉的紀錄，但隨著時間經過，那種事情就變少了。

她應該是覺得比起施展神力，配合人類展開活動要好得多了吧。

當我遇到莎麗兒的時候，她已經幾乎不會公開施展神力，而是創立沙利艾拉協會這個慈善團體，以會長的身分展開活動。

沙利艾拉協會不屬於特定國家，在世界各地都有展開活動。
活動內容包括醫療、救濟貧困地區、促進設立教育機構、經營孤兒院和經營長照機構等等。活動範圍非常廣。
為了實現會長莎麗兒的目的，也就是保護人類這個原生物種，沙利艾拉協會並不以營利為目的，而是無視於利益展開這些活動。
因為這個緣故，國際社會十分信任這個協會，由於部分國家的高層知道莎麗兒的真實身分，讓沙利艾拉協會非常有存在感。
可是，就算莎麗兒的目的並非營利，經營沙利艾拉協會還是需要花錢。
沙利艾拉協會的經營資金是來自各地的捐款。
最大的金主則是當時號稱財界魔王的大富翁——佛圖。
多虧有他提供巨額的資金，沙利艾拉協會才能持續做著幾乎無利可圖的公益活動。
在當時的人們眼中，沙利艾拉協會應該就像是救贖之神吧。
事實上，由於會長是擁有神力的天使莎麗兒，所以這種認知也不算錯。
沙利艾拉協會的會長莎麗兒很有人望。
可是，當時的我只覺得莎麗兒的做法太過不切實際，而且沒有效率。
我覺得她如果想要保護人類，只需要用更單純的做法，用實力去支配他們就行了。
莎麗兒擁有能辦到這件事的力量，而且早就具備沙利艾拉協會這個組織的勢力。

如果龍族處在同樣條件的立場，應該會毫不猶豫地選擇支配人類吧。

既然當時想法跟一般的龍一樣的我會這麼想，那就絕對錯不了。

不過，我不得不承認自己的這種想法是錯的。

龍族想要把人類置於支配之下，給予他們鳥籠裡的安穩生活，莎麗兒卻是想要讓人類自立自強，只願意從旁給予協助。

雙方的最終目標完全不同。

甚至可說是完全相反。

當時的我並不明白這點。

可是，我至今仍然不知道到底誰對誰錯。

我這個叛徒沒資格這麼說，但龍族的做法也不算是錯的。

可是，莎麗兒的做法也沒有錯。

到底該加以庇護，還是該讓他們自立自強？

這個問題的答案，就只有當事人才知道，全視他們能得到多少幸福感而定。

而且如果不是兩種做法都經歷過，就無法得出結論。

想要讓人兩種做法都經歷，實在是太難了。

此外，就算經歷過這兩種做法，得出的結論肯定也會因人而異。

儘管身為同樣的物種，人類個體的思維與感性還是會有很大的差異。

因此，如果把所有人類都混為一談，肯定會以失敗收場。

莎麗兒應該經歷過許多次這樣的失敗了吧。

如果是龍族，就算會造成一些失敗，也會選擇用實力逼人類就範。

雖然龍族會善待受自己庇護者，但絕不會對敵人手下留情。

一旦有人膽敢與龍族為敵，龍族就不會把對方當成受自己庇護的臣民。

這種關係有著明確的界線，龍族在上，其他種族在下。

這就是龍族支配別人的做法。

可是，莎麗兒似乎不喜歡這種做法。

她不是用實力逼對方就範，而是選擇從旁協助。

就莎麗兒保護原生物種這個觀點來看，龍族那種用實力逼對方就範的做法是下下策。

因為那會讓她不得不捨棄應該保護的對象。

身為一個為政者，有時候也必須做出這樣的判斷，但莎麗兒的使命不是領導人類，而是保護人類。

只要搞懂這件事，就算會對莎麗兒的方針感到不滿，也應該能在某種程度上諒解她的做法。

可惜當時的我無從得知這件事，而且深信龍族的做法才是對的，才會對莎麗兒的做法感到不耐煩。

然後，我還無謀地跑去向她本人抱怨。

這也算是年少輕狂吧。

我和莎麗兒之間的正式交流，便是從那個時候開始。

3 決戰——殲滅

把魔王送到地底下後，我思考自己接下來的計畫。

我不是無事可做。

反倒是要做的事情堆積如山。

因為要做的事情太多了，讓我不知道該從何下手。

總之，先從掌握整個戰場的局勢開始吧。

我發動萬里眼，綜觀整個妖精之里。

在妖精之里的外緣，接近結界的地方，帝國軍正和妖精軍交戰。

帝國軍似乎陷入了苦戰。

在森林裡交戰，地利果然是屬於妖精的。

就如同不砍倒樹木就無法進軍一樣，人類在森林裡寸步難行。

一旦開始戰鬥，雙腳就會被草木絆住，無法發揮平常的實力。

由於帝國軍是把重點擺在平地戰上，所以好像不習慣在這種森林裡戰鬥。

畢竟在樹木的阻擋下，就連想要擺出陣型都沒辦法。

因為技能的緣故，讓帝國士兵把兵種劃分得很清楚。

劍士就是劍士，盾士就是盾士，魔法師就是魔法師。

各個兵種都有自己的任務。

擺出陣型就能有效率地運用各個兵種的士兵。

……可是，這下完全不行啊。

帝國軍的劍士根本無法靠近敵人，敵人射出的箭矢與魔法又像是避開盾士舉起的盾牌般飛去，魔法師施展的魔法也被樹木擋住，無法擊中敵人。

而妖精則是反過來把樹木運用到了極限。

他們會在樹木之間跳來跳去，以三維的機動戰術戲耍帝國軍。

還會精準地用弓箭與魔法解決敵人。

他們很熟悉在森林裡的戰鬥。

應該說，他們連技能都是專門為了在森林裡戰鬥打造的。

他們會靠著立體機動在樹木之間靈活跳躍，並且透過弓箭和魔法讓敵人無法接近，單方面展開狙擊。

遇到敵人反擊就直接躲開，或是用樹木當盾牌。

即使雙方戰力相當，遇到這種把地利發揮到極限的對手，還是非常不利。

因為樹木讓戰場變得狹窄，帝國軍難以發揮人數優勢，想靠人海戰術取勝相當困難。

在這種條件之下，就需要擁有可以無視地形效果的強悍實力。

目前處於上風的部隊，就只有夏目同學率領的本隊，以及某個好像有點面熟的魔法師老頭率領的部隊。

我記得那老頭是勇者尤利烏斯的師父。

不愧是勇者的師父，他不斷胡亂施展魔法，把妖精們送到另一個世界。

樹木的防禦能力？

他根本就無視於那種東西。

因為樹木都直接被他的魔法射穿了。

那老頭看起來還游刃有餘，只要他有那個意思，甚至可以把整座森林變成焦土吧。

只要機器人沒有出場，就算放著那老頭不管，應該也不成問題。

不過，其他帝國軍一直處於下風。

雖然妖精軍也多少有些傷亡，但戰況還是很糟糕。

在我們原本的計畫中，只靠帝國軍就應該會對妖精軍造成不少損傷，然後再由魔族軍做出最後一擊，但如果繼續維持現況，帝國軍就會戰敗，變成妖精軍與魔族軍的正面對決。

我打從一開始就沒對帝國軍有太多期待，但他們的戰果遠遠低於預期，還是讓人有些失望耶……

總之，一旦機器人出場，就連主力的魔族軍都會變得算不上戰力，所以帝國軍的戰果其實無關緊要啦。

不過，畢竟魔族軍裡還有鬼兄和梅拉，帝國軍裡也有吸血子和菲米娜。

就算最後會陷入苦戰，應該也不至於戰敗。

在敵人的主力——機器人出場之前。

雖然帝國軍的戰況如此悽慘，但在另一邊由女王率領的蜘蛛怪軍團，則是跟帝國軍完全相反，徹底輾壓了妖精軍。

畢竟蜘蛛怪都是生活在森林裡面嘛。

從早在取得立體機動這個技能之前，我就已經會爬牆這點，就能知道蜘蛛怪這個種族擅長在障礙物多的地方戰鬥。

只要障礙物夠多，布網就會變得更容易啊。

就算妖精習慣在森林裡戰鬥，但還是在生態上適應森林的蜘蛛怪較為有利。

再加上蜘蛛怪軍團裡有許多以女王為首，妖精完全無法與之對抗的強敵。

如果妖精們聯手出擊，應該還有辦法對付上級蜘蛛怪，但更上一級的超級蜘蛛怪就很困難了。

而且那是在一對多的情況下。

實際上，由於蜘蛛怪軍團的數量比妖精軍還要多，所以他們根本無力抗衡。

妖精軍完全抵擋不住，只能被蜘蛛怪軍團徹底擊潰。

無數蜘蛛怪像是要淹沒森林一樣大舉進軍的樣子，讓人看了就頭皮發麻。
……嗯，看來這裡沒有問題。
那妖精之里中的戰況呢？
首先是山田同學一行人。
看來山田同學一行人是負責防守轉移陣所在的地方。
但他們被草間同學擺了一道，轉移陣被炸毀了。
他們馬上就發現結界消失，現在正騎著變成竜的漆原同學，朝向結界的外緣前進。
從他們前進的方向看來，目的地應該是夏目同學那邊吧。
而夏目同學正在跟老師展開死戰。
反正有吸血子待在旁邊，老師應該不會喪命吧。
要是讓那種事情發生，我一定會宰了那傢伙。
既然山田同學一行人的目的地是夏目同學那邊，反正吸血子也在場，不用擔心他們會遇到魔王，就算放著不管應該也沒問題。
至於待在妖精之里內部的妖精，則沒有什麼大動作。
這些普通妖精八成不知道機器人的存在，全都露出不安的表情，躲在家裡瑟瑟發抖。
可以戰鬥的人員幾乎都被派到前線，只剩下最低限度的衛兵與非戰鬥人員。
沒看到機器人。

嗯，這說不定是個好機會。
說不定可以趁著機器人還沒出現，把妖精之里內部的妖精都殺光。
妖精這個種族是波狄瑪斯的眷屬。
所以，除了老師之外的妖精都要殺光。
這是早就決定好的事情。
不管是非戰鬥人員還是老人小孩，全都要一視同仁徹底殺光。
而這些目標就躲在毫無防備的屋子裡。
我有不去襲擊的理由嗎？
不，完全沒有。
事情就是這樣，我決定接下來該做的事了。
好耶～！狩獵時間到了～！
我帶著人偶蜘蛛四姊妹，前往妖精之里的居住區。
憑我們的速度，很快就能從妖精之里外緣趕到居住區。
我們在轉眼間就抵達目的地了。
負責看守的妖精衛兵還來不及行動，就被艾兒砍下腦袋。
……剛才那個衛兵應該連自己死掉了都沒發現吧？
雖然很少有機會表現，讓人很難實際體會，但畢竟人偶蜘蛛四姊妹全都是能力值破萬的怪物

啊～

而且因為過去很少有機會表現，她們這次全都鬥志高昂。

砍下衛兵腦袋的艾兒現在也是一副趾高氣昂的樣子。

那模樣很可愛，但做的事情卻是砍下別人的腦袋。

那我就讓幹勁十足的四姊妹去努力工作吧。

「散開。」

聽到我一聲令下，四姊妹立刻分頭行動。

為了盡量提高效率，大家還是分頭行動比較好。

就算機器人出現了，那些傢伙應該也不會在單挑的情況下打輸，就算同時面對許多機器人，也有能力成功逃走。

在此同時，我也開始行動了。

我朝著不同於人偶蜘蛛四姊妹的方向前進，筆直地往前奔跑。

而且還在奔跑的同時不斷派出戰鬥分體。

就算人偶蜘蛛四姊妹再怎麼強大，想要壓制住廣大的妖精之里居住區，人數還是稍嫌太少。

為了補足人數上的不足，我讓戰鬥分體到處展開攻擊。

只要機器人沒有出場，妖精就沒有足以對抗戰鬥分體和人偶蜘蛛的戰力。

雖然妖精之里的居住區很廣大，但應該用不了多久就能壓制住了吧。

不管是戰鬥分體也好，還是人偶蜘蛛也好，妖精都無力與之交戰。

只能用蹂躪來形容。

而且還是在移動的過程中就順手解決。

只要在經過的同時順便砍下敵人的腦袋就行了，這工作一點難度都沒有。

我衝過居住區，就這樣繼續深入。

同時暫時停止派出戰鬥分體。

我準備要去的地方，是用來隔離轉生者的地區。

如果不趕快救出他們，天曉得走投無路的波狄瑪斯會對他們做出什麼事情。

他目前似乎還不打算對轉生者們下手，但搶先一步救出他們，還是比較讓人放心。

因為這個緣故，成功抵達轉生者保護區後，我二話不說就把他們全都丟到異空間裡面。

那些被丟進去的轉生者，恐怕根本不知道發生了什麼事情。

畢竟他們都還沒看到我的臉就被丟進去了。

……你說我粗魯？

哎呀，因為現在情況緊急……

而且這個異空間姑且是最安全的地方……

我絕對不是因為覺得跟他們碰面太麻煩了，才會做出這種事情。

我說沒有就是沒有。

我在裡面放了好幾天份的水和食物，還打造出可以生活起居的空間。

就算我不小心死掉了，也會自動把他們放到這個世界的安全地方。

雖然我一點都不打算戰死就是了。

這樣就算是成功救出這些轉生者了。

我現在可以毫無後顧之憂，放手大鬧一場了。

當我轉過身體，準備回到居住區時，打掃工作已經大致結束了。

……嗯……

我還以為在打掃工作結束以前，那些機器人就會出現。

那些機器人應該不可能早就用完了吧？

波狄瑪斯不可能只擁有那種少得可憐的戰力。

他應該也不是把所有戰力都拿去對付前往地底下的魔王。

根據我透過尾隨魔王的超小型監視用分體看到的景象，跟魔王交戰的那些敵人，應該不是波狄瑪斯的所有戰力。

波狄瑪斯還有所保留。

……可是，他為什麼不派出那些戰力？

在感到疑惑的同時，我在居住區的正中央停下腳步。

人偶蜘蛛四姊妹也全都過來集合了。

這些傢伙身上連敵人的血都沒有沾到。

不但如此，就連她們手中的劍都沒有沾到血，這到底是怎麼回事？

難道是她們揮劍的速度太快，還來不及沾到血就砍死敵人了嗎？

無法斷言絕對不可能這點，才是她們最可怕的地方。

我環視周圍，把巨木鑿穿打造成屋子的妖精之里居住區，已經變成一片血海了。

這副光景真是太悽慘了。

雖然還沒完全壓制完畢，但戰鬥分體依然確實地獵殺著少數還倖存的妖精。

事情發展到這種地步，看來波狄瑪斯應該是故意要捨棄地面上的妖精。

彷彿要肯定我的推測一樣，居住區的道路在這時突然裂開，露出通往地底下的洞穴。

機器人從洞穴裡跑出來了。

雖然我想不到波狄瑪斯對那些妖精見死不救的理由，但接下來才是重頭戲。

人偶蜘蛛四姊妹走到機器人面前。

她們這次也都充滿鬥志，或許她們不想只有虐殺弱者，也想來場真正的戰鬥。

如果她們有這個打算，那我就把一台機器人交給她們去對付吧……

吵雜的金屬碰撞聲響徹周圍，大量的機器人從地底下出現。

……這數量是不是有點多？

而且還不只是這裡，整個妖精之里都湧出了大量的機器人。

光是用萬里眼隨便掃視一圈，就能找到數以萬計的機器人。

……敵人是不是太多了？

剛才破壞掉這種機器人的時候，我還覺得這些傢伙不堪一擊，原來它們是量產型兵器啊～

原來這種兵器還能大量生產啊～

不過，就算是這樣，我覺得數量還是太多了！

人偶蜘蛛四姊妹面面相覷。

然後迅速躲到我身後避難。

……妳們幾個剛才的鬥志跑到哪裡去了！

哎呀，不過，嗯……

就算是人偶蜘蛛四姊妹，應該也沒辦法對付這麼多的機器人……

如果一對一單挑的話，她們應該可以打贏，如果拚一點的話，就算要一對三應該也有辦法。

可是，這種數量實在太扯了～

這比我想的還要多太多了耶！

待在我身旁的人偶蜘蛛四姊妹就算了，帝國軍和魔族軍可能會有危險。

就算是吸血子和鬼兄，也很難對付這麼多的機器人……

正當我想著這種事情時，機器人把槍口對準我們。

然後，排成一列的機器人同時開槍了。

王3 曾經有過同伴的王

『接著讓我們來看下一則新聞。』

孤兒院的客廳非常寬廣。

為了配合寬廣的客廳，裡面擺設的也是大型電視機。

我經常看著那台電視。

因為只能在輪椅上過活的我，沒辦法像其他孤兒那樣到處奔跑玩耍。

被孤兒院收留以後，我告別了過去那種躺在床上的生活。

可是，我的身體狀況並沒有好轉。

我做了些不是以實驗為目的，而是以治療為目的的檢查，又服用不一樣的新藥，才得以從臥病在床，升級為在輪椅上生活。

我還變得可以自己用拐杖走一小段路。

即使如此，我還是無法擺脫藥物與營養劑點滴。

為了對抗體內擅自製造的毒素，讓我離不開解毒劑與用來補充體力的營養劑。

更糟糕的是，為了製造毒素，讓我的身體需要攝取比常人還要多的營養。

但也不是不攝取營養，身體就無法製造毒素，而是會繼續製造毒素，讓身體變得營養失調。靠著用點滴隨時補充營養，並且攝取容易消化的流質食物，才讓我的身體勉強撐住。可惜我無法確保用來讓身體成長的營養，身體到現在都還長不大。

不過，我也不是完全沒有成長。

正是因為伴隨著身體的成長，讓我多少有了些體力，才能用拐杖走路一小段時間。

即使如此，我一天裡還是有絕大多數時間都在輪椅上度過，這也導致我能做的事情並不多。

在客廳裡看電視，是我少數有辦法做的事情之一。

『達斯特迪亞國的總統達斯汀先生，將會在今天凌晨召開會見。』

除了看電視之外，我還會讀書和刺繡，但我喜歡什麼事情都不做，只是看著電視螢幕。

也許是因為在來到孤兒院以前，一直看電視對我來說是理所當然的事情，讓我不看電視就會覺得靜不下來。

『我國今後也不會允許使用MA能源。難道大家都忘記MA能源的發現者波狄瑪斯做了什麼壞事嗎？MA能源還有許多謎團。我無法認同那種不曉得會造成什麼危害的東西。』

我把視線從電視機移開，看向孤兒院的庭院，看到身上有著各種特徵的孩子們在到處奔跑。

聚集在孤兒院裡的孩子，都是透過波狄瑪斯的實驗誕生的嵌合體。

雖然我在外表上沒有明顯的特徵，但有超過一半的孩子，身上都有著一眼就能看出不是人類的特徵。

一個有著長耳朵的女孩，正在追趕一個有著綠色皮膚的男孩。

粉紅色頭髮的男孩把球丟向沒人的地方，被一個全身都覆蓋著毛髮的男孩，輕鬆跳到比成年人還高的半空中接個正著。

這種光景在孤兒院裡是稀鬆平常的事情。

為了治療嵌合體身體上的缺陷，這間孤兒院也具備醫院的功能，相當寬廣。

就連庭院都很寬廣，讓體能比普通人還要強的嵌合體孩子們，也能在裡面盡情玩耍。

在此之前都被波狄瑪斯軟禁，無法自由活動的這些孩子，全都能在孤兒院的庭院裡盡情玩耍。

不過，也有一些孩子跟我一樣，因為健康上的理由而無法加入他們。

幸好孩子們之間沒有隔閡，不管有沒有行動能力，大家的感情都很好。

我覺得這是因為大家都深深體會到彼此是同類。

每個嵌合體身上的特徵都不一樣，大家都算是獨一無二的存在，但同樣都是嵌合體的身分，強化了我們的同伴意識。

而且因為小時候沒機會跟正常的小孩接觸，每個人的特徵都極具差異這件事成為我們心中的常識，也帶來了正面的影響。

因為我們嵌合體的身體特徵差別太大，讓我們不知道何謂歧視。

這可以說是因禍得福吧。

如果是正常的小孩，就會去學校上學，在裡面慢慢學到世俗的事情。即使身旁有著電視機之類的傳播媒體，有些事情如果沒有親身體會，就不太會有真實感。所以，就某種意義上來說，我們這些與世隔絕的孤兒院孩子，不但不食人間煙火，也非常缺乏常識。

不過，這也不能算是件壞事，而且在這之後世界的樣貌就改變了，就算缺乏以前的常識，也不會造成困擾。

『由於達斯汀總統的堅決反對，讓ＭＡ能源在達斯特迪亞國被禁止使用，但引進相關技術的國家越來越多……』

當我茫然地看著電視上播放的這則新聞時，還不曉得那種ＭＡ能源將會讓全世界陷入混亂，也不曉得那會在日後招來更大的混沌。

就算早就知道，當時的我也只是個在輪椅上生活，什麼事情都做不到的孩子，結果還是不會有所改變。

「給我聽好了！你們這群野孩子！準備吃午飯了！」

孤兒院院長發出響亮的腳步聲走到庭院。

院長是一名肥胖的中年女性，據說她曾經當過小兒科醫生。

她是沙利艾拉協會底下的其中一名醫生，一直不斷轉戰世界各地的醫院與孤兒院，負責替孩子們治療與看病。

由於她已經到了差不多快要沒有體力在世界各地飛來飛去的年紀，出於她本人想要找個地方落腳的意願，才會請她來擔任孤兒院的院長。

因為她曾經當過小兒科醫生，所以對付小孩根本難不倒她。

也因為她是醫生，所以還能替我們看病。

「動作快！快點進去洗手漱口！」

我記得她有著巨大的軀體，是個充滿活力的人。

在院長的催促之下，大家一邊吵鬧一邊進到屋子裡。

莎麗兒大人也在裡面，也許是被孩子們推來推去，她的衣服都變得皺巴巴的，而且頭上還不知為何插著幾枝花。

「是誰做的好事！把莎麗兒大人當成花瓶的笨蛋給我出來！」

「不對。這是禮物。」

莎麗兒大人否定了院長說的話。

肯定是某人送花給莎麗兒大人吧。

那個人只是用錯了方法，把沒有拿掉莖的花直接插在莎麗兒大人頭上，才會變成這種奇怪的樣子。

「要送花當禮物，至少也該把莖拿掉做成花環吧！」

「好～」

把莎麗兒大人變成花瓶的犯人，垂頭喪氣地如此回答。

這讓男生們笑了出來。

院長的鐵拳打在那些男生頭上。

「你們也沒資格笑別人！居然把自己搞得滿身都是泥巴！莎麗兒大人身上的泥巴也是你們的傑作對吧！在吃午飯之前，你們都先給我去洗澡！」

說完，兩個身上泥巴特別多的孩子，就被她夾在腋下帶去浴室了。

真是吵鬧。

可是，那是我熟悉的光景。

大家都露出笑容，而我喜歡看著這樣的他們。

比起過去那種一直獨自躺在床上的冰冷生活，在孤兒院裡的生活溫暖多了。

我衷心希望這種溫馨的生活永遠不要結束。

『針對國家的ＭＡ能源政策，對達斯汀總統有意見的民眾已經走上街頭了。』

可是，這個願望沒有實現，崩壞的時刻即將到來。

黑3　獨白　名為財界魔王的高牆

如果要說明莎麗兒和我的關係，就不得不提到某個人物。

愛麗兒？

不。

雖然愛麗兒現在成了我的老朋友，但對當時的我來說，她只不過莎麗兒所保護的其中一個孩子。

而且出身自那間孤兒院的孩子，全都是些個性強烈的傢伙。

不但有初代勇者這個代表人物，還有初代聖女、獸王與煽動王……

他們都是系統剛開始運作那時的風雲人物。

跟那些傢伙相較之下，愛麗兒沒什麼存在感。

這也理所當然，當時的愛麗兒只是個無力的少女。

光是能在那個混亂的年代存活下來，就已經算是奇蹟了。

如果認識現在的她，或許會很難想像吧。

總之，我對愛麗兒沒什麼印象。

……回到原本的話題吧。

在我跟莎麗兒正式開始交流之前，有個人物擋在我前面。

坦白說，就是那傢伙讓我無法去見莎麗兒。

那個男子名叫佛圖。

沒錯。

他就是出錢資助沙利艾拉協會的大富翁，人稱財界魔王的男人。

話雖如此，當我認識佛圖時，他年事已高。

在財界受人畏懼的全盛期早就結束，他只不過是在餘生裡運用部分資產，再拿出其中的部分收益資助沙利艾拉協會罷了。

就連那一小部分的收益，都對沙利艾拉協會的營運有極大的幫助，由此可見佛圖的總資產到底有多麼驚人。

只要那傢伙想做，絕大多數的事情都能靠著金錢的力量擺平。

而且不光是財界，他在政界也擁有極大的人脈。

可說正是因為有那傢伙在背後撐腰，沙利艾拉協會才能擁有巨大的影響力。

不過，對身為龍族的我來說，人類的資產有多少，只是不值得在意的小事。

畢竟資產這種東西，只不過是人類定出來的。

你覺得鈔票對身為龍族的我有任何意義嗎？

就是這麼回事。

對我來說，佛圖就跟路人甲一樣，只不過是一個可有可無的凡人。

直到我實際見到他之前。

我跟佛圖實際見面，是我直接跑去找莎麗兒抱怨時發生的事情。

前面已經提到過了，我對莎麗兒的做法感到很不滿。

我有好一段時間都只是默默觀察，但越是觀察就越是感到不滿和不耐煩，在某一天終於忍無可忍了。

然後，我跑去莎麗兒那邊，想要直接找她理論。

地點是沙利艾拉協會經營的醫院，莎麗兒剛好前往那間醫院視察。

不幸的是，佛圖也在現場跟她一起視察。

不幸——沒錯，那是個不幸的相遇。

考慮到我們後來的交情，那次見面很難說是不幸的事情，但那是我現在知道之後會發生什麼事情，才有辦法這麼說。

對當時的我來說，那次見面就只是個不幸。

畢竟在我的人生之中，被人類那樣愚弄的經驗，不管是過去還是未來，也就只有當時那一次了。

當時比起生氣，我更是感到錯愕，現在回想起來連自己都想笑。

不過，我會被他愚弄，也不是沒有理由。
畢竟我當時的態度很有問題。
「妳為什麼要做那種拐彎抹角的事情？」
這是我見到莎麗兒時說的第一句話。
聽到這種話，就算對方覺得我在找碴也不奇怪不是嗎？
就算對方不這麼認為，也肯定會覺得我很煩人。
實際上，莎麗兒當時就對我視而不見。
跟在莎麗兒身旁的佛圖也沒有多看我一眼，就這樣從我旁邊走過去。
「喂！給我站住！」
對當時的我來說，被人當成空氣是難以忍受的屈辱，所以我大聲叫住他們。
明明是我先做出失禮的事情。
這時的佛圖雖然覺得傻眼，但應該還沒有動怒才對。
我接下來說出的話，才真正惹火了他。
「妳應該有辦法救回那孩子才對！妳為何見死不救！」
要問這句話是什麼意思？
這裡是沙利艾拉協會經營的醫院。
莎麗兒來到這裡視察。

而莎麗兒在這次視察時，得知上次視察去探望過的孩子病死了。

我用千里眼偷看過上次視察時發生的事情。

「大姊姊，謝謝妳來看我。」

「不客氣。因為這是我的使命。」

「下次要再來喔。」

「嗯，再見。」

說完，莎麗兒跟那孩子就分開了，但他們再也沒有機會見面。

那孩子得了不治之症。

可是，那是以人類的標準而言。

只要使用莎麗兒的力量，應該有辦法完全治好那孩子才對。

這就是我覺得莎麗兒的活動拐彎抹角，令人心煩意亂的最大原因。

就算不經營什麼醫院，只要莎麗兒有那個意思，就能拯救更多的生命。

然而，莎麗兒卻沒有這麼做。

儘管如此，當莎麗兒在那天聽到孩子的死訊，卻又露出有些悲傷的表情。

明明不去拯救可以拯救的生命，卻還露出那種表情。

這讓我感到非常不愉快。

所以才會對她大吼大叫。

「在醫院裡請保持安靜。」

可是，面對我的怒吼，她卻說出完全無關的回答。

不，考慮到那裡是醫院這件事，她說得其實一點都沒錯。

即使如此，我還是沒想到她會這樣回答我。

我只知道莎麗兒是天使，但或許是在那個時候，我才明確體認到天使是種難以理解的存在。

「別管那種小事了！」

為了掩飾那種難以言喻的雞同鴨講感覺，我繼續大吼大叫。

同時還繼續質問莎麗兒，滔滔不絕地說些「妳應該可以輕易治好病人吧」之類的話。

「我再警告一次。這裡是醫院。在醫院裡要保持安靜可是常識。」

可是，莎麗兒完全不理我。

「還有，這間醫院只有內科與外科，沒有腦部相關的門診。我建議你去找其他醫院。」

光是叫我安靜還嫌不夠，她還一臉平靜地痛罵我。

聽到她這麼說，連我都說不出話了。

「噗！」

看到我的反應，有名男子笑了出來。

考慮到我前面說過的話，應該不難猜到才對，那名男子正是佛圖。

我瞪了佛圖一眼。

「你這下等生物……」

「喔，真是抱歉。不過，不曉得在旁人眼中，到底誰才是下等生物呢？」

……當時的我還很年輕。

甚至還會當面罵人類是下等生物。

不過，面對我的怒罵，佛圖卻回以更加辛辣的怒罵。

這時我才發現周圍有不少人都在看著我。

畢竟我在醫院裡大吼大叫，這也理所當然。

在場的醫生與患者全都看著我。

還露出嫌棄的表情。

也難怪莎麗兒會向我提出警告。

我姑且先替自己辯解一下，我根本就不在意人類的目光。

……這根本算不上藉口吧。

對當時的我來說，人類只不過是可有可無的存在。

所以，我才不會去一一在意那些小人物的目光。

然後，我發現自己搞錯了一件事。

在我眼中的莎麗兒是神。

不是人類。

而我自己當然也是龍族，是神，不是人類。

正因為我不把人類放在眼裡，才會說出這些話，但不知情的人類聽到我這麼說，又會有什麼樣的感想？

不但一直把神掛在嘴邊，還硬要別人治好連醫生都治不好的病。

就只是一個給人添麻煩，毫無常識可言的男人。

就算別人會這麼認為也很正常。

就跟莎麗兒說的一樣，就算有人叫我去腦部疾病的醫院，也怪不得別人。

因為已經偽裝成人類，我和莎麗兒看起來都只是普通人類。

就算不知道真相的人類會這麼認為，也一點都不奇怪。

這也是我完全不在意人類目光所犯下的錯誤。

但事情早就無法挽回，而且我一點都不認為自己需要在意人類的觀感。

「放肆！你不要命了嗎！」

所以，我決定貫徹自己身為龍族的態度。

「哎呀哎呀？用嘴巴講不贏，就想要動粗嗎？連自己口中的下等生物都講不贏的蠢貨，真的以為自己比較優越嗎？也對，就是因為連這種事情都想不明白，所以你才會是個蠢貨。真是抱歉，我好像不小心拿自己的標準套到你身上，才會無法理解比自己蠢的傢伙的思維模式。真是抱歉啊，請你見諒。」

……就是這樣。

他不會跟別人一來一往，而是用十句話去頂一句話。

就嘲諷別人這件事來說，我不認識比佛圖更厲害的人類。

……不過，這樣到底算不算是厲害，我倒是有些存疑。

不過，他那句「用嘴巴講不贏就要訴諸暴力」，確實傷到了我的自尊。

要是我在這時候出手傷人，就會變成佛圖口中的蠢貨。

就只有這件事情，我絕對不可能承認。

……我是在過了很久之後才發現，早在我有這種想法的瞬間就已經輸了。

唉，竟然被自己口中的下等生物用話術唬弄，連我都覺得自己蠢得好笑。

「我們到外面去說吧。這裡是醫院。正如莎麗兒大人所說，不是給閒雜人等大吵大鬧的地方。還是說，你是個連這種理所當然的規矩都無法遵守的下等生物？」

「嗚！」

而且他還利用我的自尊，逼我聽他的話。

此時的我確實被逼得不得不照著佛圖的話去做。

我可是尊貴的龍族。

而他只不過是個人類。

該說是佛圖太可怕，還是我太沒出息呢？

希望答案不是後者……

……不，事到如今說這些也毫無意義。

我早就醜態百出，就算現在才表現出好的一面也無濟於事。

當我在佛圖的催促之下遠離莎麗兒，走到醫院外面後，他對我說的這句話就說明了一切。

「你這個跟蹤狂不要太過分了。」

「啊？」

我會忍不住反問也無可奈何。

跟蹤狂。

他居然說我是跟蹤狂。

身為龍族的我，居然被人類當成是跟蹤狂。

這怎麼可能讓人聽了不想笑？

「我是要你這個跟蹤狂收斂一點。難道你聽不懂我的意思嗎？看來你口中的上等生物，似乎是指聽力很差的生物。就我個人的常識來說，這實在是相當奇怪的事情，我就當作是這世上無奇不有吧。肯定只是我不知道，世界上真的存在著以重聽為傲的文化。雖然我實在無法理解就是了。」

聽到佛圖的話，讓我忍不住做出愚蠢的回答，結果就是這樣。

因為他這還算是手下留情，所以才更加惡劣。

「別含血噴人。我既沒有重聽，也不是什麼跟蹤狂。」

「哎呀哎呀？原來你連這點自覺都沒有，看來你果然是個蠢貨。」

「你說什麼？」

我身為驕傲的龍族，絕對不可能承認自己是個跟蹤狂。

然而，佛圖還是繼續說話刺激我。

如果他剛才沒有說過那些話，我早就毫不猶豫殺了他。

「呼……」

可是，彷彿是要考驗我的理智一樣，佛圖故意嘲諷般地嘆了口氣。

這讓我再也忍不住了。

「如果要宣稱自己是至高無上的生物，至少也該理解人類這種下等生物的常識吧，龍大人？」

但聽到佛圖這句話，讓我打消了念頭。

而且那句話讓我驚訝得說不出話。

在此之前，我一直以為佛圖不知道我是龍族。

我以為他是因為不知道我是龍族，才敢擺出那種態度的蠢貨。

可是，我錯了。

佛圖明知我是龍族，卻還是說出那些話嘲諷我。

這兩者的差別其實非常大。

「你知道我是龍族，還敢說話嘲諷我？」

「當然敢。只要有讓我出言嘲諷的理由，不管對方是誰我都會去做。」

老實說，我當時只覺得這傢伙腦袋不正常。

在當時人類的認知之中，龍族是不可違抗的存在。

因為一輩子都幾乎不可能遇到一次，可能沒什麼真實感，但在世人共通的認知中，與龍族為敵是愚不可及的行為。

明明嘴巴上一直說我是個蠢貨，他自己卻做出世人公認的愚蠢行為。

佛圖就是這樣的男人。

如何？很難理解對吧？

「總之，我跟現在的你無話可說。請你今天先回去吧。記得稍微學習一點人類社會的常識。這樣你應該就能稍微理解，我為何會說你是跟蹤狂，把你當成是個笨蛋了吧。如果這樣你都無法理解，那我也不會對你有所期望。請你從今以後別出現在莎麗兒大人面前。」

可是，他竟然還叫我學習人類的常識。

該說是桀傲不遜嗎……

正因為他是這樣的男人，才有辦法跟我這個龍族平起平坐說話。

至少我就是因為被他說到這種地步，才想聽聽他說的話。

若非如此，我根本就不會聽進人類所說的話。

如果佛圖是計算到這點才故意挑釁我，那就是他賭贏了。

這就是我和佛圖認識的經過。

算得上是相當具有震撼力了。

如果跟我剛見到莎麗兒就被打飛的經歷相較之下，要我說出何者的震撼力比較大的話，我會很難做出選擇。

這次的經驗就是這麼有震撼力。

如果我跟愛麗兒的交情是細水長流，那我跟佛圖的交情就像是一陣雷雨。

不過，雖說時間不長，但考慮到人類的壽命，我們的交情也算是相當長了吧。

……你問佛圖遇到我的時候，不是早就是個老人了嗎？

確實如此。

考慮到當時人類的壽命，他就算在系統建構起來之前就老死也不奇怪。

可是，事實上他在系統建構起來之後也還活得好好的。

就連現代都還有少數人畏懼著他，一直流傳著他的故事。

畢竟他就是這個世界的吸血鬼始祖。

不。在我剛認識他的時候，他毫無疑問只是個普通人類。

那傢伙是後來才變成吸血鬼的。

而且那並非他本人的願望。
那是個不幸的意外。
可以算是被捲入一場災害。
而且是人為引起的人禍。
引起那場人禍的犯人就是波狄瑪斯。
當時發生的絕大多數事件，幕後黑手都是波狄瑪斯。
既然佛圖一直在資助沙利艾拉協會，那他遲早都會撞上波狄瑪斯。
只是這件事發生的時機實在太差了。
關於佛圖變成吸血鬼的經過，就留到下次再說吧。

間章　波狄瑪斯與魔術

這個世界存在著光靠物理學無法解釋的現象。

龍族就是最好的例子。

可以無視於飛行力學在天上飛行，只不過是開端罷了。

龍族還能無中生有，或是瞬間移動到星球的另一側。

光靠物理學與化學，根本無法解釋這些現象。

這些現象就是名為魔術的神祕學。

可是，雖然那種現象在人類眼中很神祕，龍族卻能理所當然地加以運用。

如果結合龍族的基因，說不定就能讓人學會使用那種神祕的魔術。

在那些魔術之中，說不定藏有能讓人永生不死的線索。

魔術似乎也不是萬能的。

但既然不是萬能的，就證明那是建立在某種法則之上的技術。

如果是這樣的話，那只要能找出那種法則，就算沒有龍族的基因，我說不定也能使用那種技術。

就算其中沒有永生的線索也無所謂。

我一定要解開魔術的法則，進一步發展那種技術，得到永恆的生命。

為此，我需要更多的實驗動物。

4 決戰　蜘蛛VS機器人

機器人同時開槍。

我記得波狄瑪斯好像不願意浪費子彈，不是很想使用這種槍砲類武器。

可是，他這次卻完全不管那種事情，毫不客氣地瘋狂掃射！

無處可躲的彈雨向我襲來。

如果這是射擊遊戲的話，我一定會去客訴！

根本不打算讓人過關吧！

這是要叫我去死的意思嗎？

我才不要死在這種地方呢！

因為所以，我發動空間魔術。

把向我襲來的彈雨，直接丟到異空間裡面～

與其說是丟進去，還不如說是打開入口，讓子彈自己飛進去。

被丟進一無所有的異空間後，那些子彈當然什麼都打不到，只能在異空間裡亂飛。

搞定。

哈哈哈！

對付會使用空間魔術的我，射擊系的攻擊不管用啦！

啊，不過要是在我發動魔術之前，就把子彈射到我身上，那就沒戲唱了。

雖然那種事情幾乎不可能發生就是了！

不管是威力多麼強大的射擊，只要統統丟到異空間裡面，就沒辦法射到我身上！

欸，現在感覺如何？

毫不吝惜地使用因為寶貴而不想隨便拿來用的子彈，結果全都被我擋住了喔。

不甘心嗎？

很不甘心對吧～

唉，沒辦法看到波狄瑪斯懊悔的表情，真是太遺憾了～

……不過，不管我怎麼挑釁，對方也只不過是機器人，不可能因為這樣就氣得跳腳呢～

說到底，就算我在心中說這種話，對方也根本聽不見啦！

問我為什麼不把話說出來？

你這傢伙是想叫我去死嗎！

當我忙著在心中吐嘈自己時，機器人取而代之地殺氣騰騰衝了過來。

明明只是機器人，才經過剛才的短暫交手，就發現射擊對我不管用了嗎？

裝在上面的ＡＩ還真是聰明耶。

不過，就算它們成功逼近，也不會是我的對手。

把它們的速度換算成能力值，也不過只有五千左右。

憑那種程度的速度，在我眼中就跟靜止不動沒兩樣。

而且它們的防禦力也不高，只要被我的黑暗魔術輕輕打到，就會被轟成碎片。

只要在它們逼近以前射爆，就完全構不成威脅。

話雖如此，反正機會難得，我就用其他方法解決它們吧。

事情就是這樣……出來吧！戰鬥分體！

戰鬥分體們擋在我和機器人之間。

好啦，那我就來說明戰鬥分體的詳細規格吧。

牠們的體型就跟變成女郎蜘蛛前的我差不多大。

形狀也一樣。

至於最重要的戰鬥能力，如果換算成能力值的話，大概有一萬左右吧。

因為這些傢伙跟我一樣是系統外的存在，所以無法透過鑑定得知詳細數據。

此外，這只代表牠們的基礎能力值在一萬左右，視情況而定，牠們也能接受我這個本體的力量，藉此得到強化，所以沒必要太過精準地測定這些數據。

牠們主要的攻擊手段是邪眼、黑暗魔術、空間魔術、蜘蛛絲、鐮刀斬擊與蜘蛛毒。

老實說，差別就只有是人型態還是蜘蛛型態，其他地方都跟本體沒兩樣。

論實力當然是本體比較強，但牠們的戰鬥能力也算是夠強了。
戰鬥分體這個名字可不是浪得虛名。
戰鬥分體朝向逼近的機器人射出蜘蛛絲。
機器人的腳被蜘蛛絲纏住，而那些絲又黏住地面。
機器人的腳完全被蜘蛛絲纏住，狠狠地摔了一跤。
戰鬥分體沒有放過這個機會，揮下了鐮刀。
機器人被鐮刀砍得四分五裂。
嗯嗯……
這些傢伙很行嘛！
看來牠們只靠蜘蛛絲和鐮刀，就有辦法擊退這些機器人了。
其實因為戰鬥分體的身體性能的緣故，使用蜘蛛絲和鐮刀直接戰鬥的能力並不是很強。
那些武器充其量只能算是輔助。
至於牠們的主要武器，當然就是邪眼和魔術了。
事情就是這樣，用你們的主要武器解決敵人吧！
戰鬥分體們同時發射黑暗彈。
機器人軍團毫無還手之力，就這樣被射穿摧毀了。
哇哈哈哈哈！見識到我軍的壓倒性實力了吧！

咦？你說既然可以輕鬆解決，為什麼不一開始就這麼做？

哎呀，你看嘛，為了以防萬一，還是事先確認只靠蜘蛛絲與鐮刀能不能戰鬥，不是比較好嗎？

我覺得查證是很重要的事情。

咦？輕敵？

……某名劍士不也曾經這麼說過嗎？

這不是輕敵，是游刃有餘！

我就讓你們見識一下，我這麼游刃有餘的理由吧！

戰鬥分體！全力出擊！

我讓在世界各地進行監視的間諜分體暫停運作。

數以千計的間諜分體平時從世界各地收集到的情報，暫時從我腦海中消失。

取而代之的是，我變得可以完全發揮戰鬥分體的實力了。

為了殲滅妖精，我召喚出戰鬥分體，並且分派到各地。

其數量多達一萬。

當我讓間諜分體運作時，只能對戰鬥分體進行簡單的操控，要是讓戰鬥分體徹底發揮其性能的話，到底會有什麼樣的結果呢？

雖然我被機器人的數量嚇到了，但我們這邊的數量也不會輸人喔！

事情就是這樣，大家上吧！

在妖精之里的各個角落，戰鬥分體與機器人正式開戰了。

話雖如此，但戰鬥分體比機器人還要強上許多。

雖然數量是機器人比較多，但相較於分散在整個妖精之里的機器人，戰鬥分體則是集中在妖精之里的居住區。

在這種情況下，我方就不會陷入需要一對多的戰況。

只要以居住區為中心，逐一解決機器人，慢慢將範圍擴大就行了。

事情就是這樣，我方一邊擊敗機器人，一邊開始進軍。

帝國軍和魔族軍附近也有機器人出現，為了過去救援，我便往那個方向前進。

既然雙方都還沒接觸到機器人，那我現在趕去應該還來得及。

吸血子和鬼兄應該不會有問題，但要是讓梅拉對付超過兩台的機器人，可能就有點勉強他了。

女王率領的蜘蛛怪軍團？

有女王壓陣還需要援軍嗎？

女王只需要用一發吐息往地上掃過去，就能轟掉好幾台機器人了喔。

女王的戰鬥能力果然強得離譜……

事情就是這樣，那邊只要交給女王就沒問題了。

多虧了我的戰鬥分體，現在的戰況是我方占上風，人偶蜘蛛也重新振作起來了。

她們開心地衝向機器人，用劍彈開子彈，把機器人的身體砍成兩段。

嗯，如果她們四個人一起上，要解決一台機器人易如反掌。

應該說，就算是一對一單挑，也是人偶蜘蛛比較強，應該不會打輸才對。

雖然剛才我方人數輸人，讓她們全都縮了，但現在是我們的人數比較多。

可是，看到我方占上風就願意努力，這些傢伙還真是現實耶……

當我有些傻眼地看著人偶蜘蛛四姊妹奮戰的樣子時，前方的地面突然打開，有某種東西從地底下出現了。

我還以為是機器人的援軍，但對方的外型有些不太對勁。

不，那傢伙的外型就跟之前的機器人差不多。

可是尺寸不太對勁。

好大。

這傢伙是強化版的機器人嗎！

可是，我有種自己好像在哪裡看過那台機器人的既視感耶～

可是，那傢伙的外型還要更奇怪，整體給人一種扭曲的感覺……

想到這裡，我總算想起來了。

那是發生在好幾年前，我們還朝著魔族領地踏上旅程時的事情。

就是那個埋藏在荒野地底下的舊時代兵器ＵＦＯ復活事件！
就是那架ＵＦＯ裡的最後頭目機器人！
這傢伙長得跟那傢伙很像！
當我們看到那台機器人的時候，波狄瑪斯是怎麼說的？
我記得他好像說那傢伙叫做「光榮使者」。
他還說那台最後頭目機器人，就是用不小心外流的光榮使者設計圖打造而成的。
也就是說，現在我眼前的這台強化版機器人，就是那個光榮使者的正版。
這樣情況就不太妙了。
我記得波狄瑪斯當時還這麼說過：
「如果是正版的話，就連高階龍種都殺得掉。當然，我是指那些冒牌貨。」
雖然我認識的高階龍種，就只有在那次ＵＦＯ事件中並肩作戰的風龍修邦，即使修邦比身為女王蜘蛛怪的老媽還要弱，平均能力值也都超過一萬。
速度甚至超過三萬。
比人偶蜘蛛四姊妹還要厲害。
而波狄瑪斯聲稱有能力殺掉高階龍種的機器人，就是正版的光榮使者。
這對人偶蜘蛛四姊妹來說負擔太大了。
即使是戰鬥分體，也必須讓好幾隻聯手去對付。

不過，想要打贏並不是難事。

……如果對方只有一台的話。

根據分散在周圍的戰鬥分體傳回來的視覺情報，我看到好幾台光榮使者出現的景象。

……原來這些傢伙也是量產型兵器嗎！

王4　學到教訓的王

「開動吧！小鬼們！不准剩飯剩菜喔！」

院長的呼喊聲在孤兒院的餐廳裡迴盪。

在孤兒院裡吃飯的時候，大家都會任意地說話閒聊，總是吵吵鬧鬧，但還是能清楚聽見院長的怒吼聲。

「怎麼回事？妳怎麼沒吃完！」

「我在減肥～」

看到其中一個女孩的餐盤，院長皺起眉頭。

這時的我們年紀都快要來到十五歲左右，正逐漸邁入青春期。

「妳這瘦皮猴說那什麼傻話啊！那種事等妳變成胖子再做吧！」

「咦～？院長，妳明明那麼胖，也都沒有減肥啊？」

「連我這魅惑的身材有何魅力都看不出來，看來妳還只是個小鬼罷了！要是妳不好好吃飯，胸部永遠都長不大喔！」

我還記得聽到這句話以後，女孩低頭看向自己的胸部，然後就露出失望的表情，重新開始吃飯。

我很羨慕她能吃那樣的東西。

因為我當時只能吃流質食物。

我的身體需要比別人更多的營養。

雖然可以透過一直吊著的點滴補充，但光是這樣還不夠，還必須攝取容易消化的高營養價值流質食物，才勉強能夠補足。

內臟擅自產生的毒素讓我身體虛弱，只能吸收容易消化的流質食物。

我很羨慕那些可以盡情享用固體食物的孩子。

可是，我不曾說出自己的心聲。

因為孤兒院裡的大家都或多或少有著這種缺陷。

雖然那個說要減肥的女孩，看起來就像是普通人類，但也肯定是個嵌合體。

她身上好像結合了許多種動物的少量基因，對身體造成許多不同種類的影響，但各種影響也相對的不嚴重。

可是，就算每一種影響都不嚴重，一旦累積起來也是不容忽視。

而且沒有任何方法可以徹底根治，只能對症治療。

我們打從出生的那一刻，就已經是這種身體了。

如果要徹底根治，就只能重新改造身體。

以當時的醫療水準來說，那是不可能辦到的事情，應該連波狄瑪斯都辦不到。
我們只能面對這樣的身體缺陷，直到死亡為止。
而我們死亡的那一天，肯定比普通人還要快來臨。
我們之中的每個人都不曾想過，自己能跟普通人一樣長命。
也許就是因為這樣……
我們才會各自漠然地思考將來的事情。
進入青春期以後，我們正式告別天真無邪的孩童時期，踏出通往大人的第一步。
開始意識到長大成人這件事。
我們到底能不能活到成年呢……

那是某一天發生的事情。
莎麗兒大人拖著兩個遍體鱗傷的孩子回來。
看到那幅光景，我知道同樣的事情又發生了，暗自感到傻眼。
被莎麗兒大人帶回來的孩子，是孤兒院裡個性最火爆的兩個人。
他們兩個經常在孤兒院外面跟別人打架，然後像這樣被莎麗兒大人加以制裁硬拖回來。
千萬別以為這只是普通的小孩子打架。
他們兩個都是嵌合體，體能比人類還要強，要是使出全力毆打普通小孩，就會害人受重傷，最糟甚至可能殺掉對方。

在發生那種事情之前，莎麗兒大人就會立刻趕到現場，把他們兩個帶回來。

會惹事的人可不是只有他們兩個。

有能力到孤兒院外面活動的幾個孩子都經常惹事，每次都是莎麗兒大人過去擺平。

孤兒院沒有禁止孩子外出。

可是，我們之中只有幾個人有辦法踏出孤兒院。

我是因為健康上的理由。

其他人則是因為外表上的理由。

這間孤兒院位在鄉下，但也不是完全沒有居民。

院方姑且有把這間孤兒院的情況告訴附近居民了。

可是，這不代表他們能夠無條件接受這些一看就知道不是普通人類的嵌合體。

尤其是那些跟我們同世代的孩子，因為還只是孩子，所以行為更沒分寸。

我不曾踏出孤兒院一步，所以這些事情都是聽說的，但好像有人真的被石頭丟過。

我還記得自己當時覺得很驚訝，這種故事中老哏的劇情竟然真的發生了。

可是，這可不是什麼老哏劇情，而是現實中發生的事情。

就算沒有實際丟石頭的孩子那麼嚴重，但這也讓我們明白孤兒院附近居民的真實心聲。

對他們來說，我們就只是麻煩人物。

如果被疏遠的我們惹出麻煩，附近居民對我們的印象又會變得更差。

所以莎麗兒大人才會特地趕過去，在發生那種事情以前把人帶回來。

可是，我們這些被疏遠的人，心裡也不會好受。

經常被莎麗兒大人帶回來的這兩個孩子，都是個性火爆的傢伙，奉行「有仇必報！」的信條。

只要被附近的孩子們找麻煩，他們總是想也不想就直接動手。

他們兩人就是這樣。

幸好有莎麗兒大人，才讓他們沒有真的跟附近那些孩子打起來。

可是，這並不代表他們沒有動手。

實際情況是雖然他們有動手，卻在打到對方身上前就被莎麗兒大人制止了。

要是他們真的打到對方，那些孩子應該無法全身而退吧。

到時候附近的居民與孤兒院就再也無法和平相處了。

就算那種事情沒有發生，他們想要動手的事實也還是會留下，變成雙方之間的鴻溝。

而這種鴻溝也化為厭惡，表現在居民們的態度上，讓孤兒院這邊也心生不滿，再次造成問題。

早在這個時候，這種負面循環就已經逐漸成形了。

這讓我們更是不敢隨便踏出孤兒院。

可是，還是有些不願意一直待在孤兒院裡面的行動派，以及無視於那種問題的問題兒童會跑到外面。

「放開我！」

為了逃離莎麗兒大人的掌控，其中一個問題兒童努力掙扎。

莎麗兒大人按照他的要求把手放開。

「咕哇！」

在被人吊在半空中的狀態下放開，會有什麼後果？

想也知道會遵照萬有引力的定律摔到地上。

那個倒楣的傢伙臉先著地，他摀著鼻子縮起身體。

「不要真的放手啦！」

「你的要求毫無道理可言。」

莎麗兒大人冷冷地帶過他的怨言。

她這種態度會讓某些人覺得是在挑釁，但長年以來的交情，讓我們都知道那就是莎麗兒大人的個性。

莎麗兒大人她該怎麼說，是個很特別的人。

表情基本上不太會有變化。

因為她總是面無表情，很容易讓人以為她是個冷靜沉著的傢伙，但只要跟她相處過一段時間，就能發現實際情況並非如此。

如果用一句話來形容，莎麗兒大人就是個怪人。

該怎麼說呢，她有很多地方都跟別人不一樣。

她知道一些我們無從得知的複雜事情，卻又無法理解我們根本不需要思考的簡單道理。

她就是一個這麼極端的人。

這時的她也是一樣，別人叫她放手，她就真的乖乖放手，聽到因為這樣撞到鼻子的男生抗議，她卻表示無法理解。

在這段對話當中，莎麗兒大人應該沒有要捉弄那個男生的意思。

而且雖然嘴巴上說「毫無道理可言」，但她本人並沒有為此感到氣憤，只是從客觀的角度觀察後，覺得那個男生的言行很矛盾，才會用告誡的語氣說出「毫無道理可言」這句話。

這些都只是我的推測，但畢竟莎麗兒大人真的是個難以理解的人，所以這也無可奈何。

她那種遠遠超出我們常識的反常思維模式，就算是我們也無法徹底理解。

莎麗兒大人知識淵博，甚至讓人懷疑她是否無所不知，不管我們小時候問她什麼問題，她都能想也不想立刻回答。

可是，一旦遇到與人類情感與想法有關的問題，她就會突然變成笨蛋。

她知道什麼是喜怒哀樂，卻好像無法實際體會那些情感……

當我得知莎麗兒大人不是人類，而是天使的時候，我沒有太過驚訝，反倒有種可以理解的感覺。

後來我從邱列那邊得知天使這個種族的事情，心中的疑惑就變得更淡了。

人類與天使的思維模式應該完全不一樣吧。

天使似乎都忠於自己被賦予的使命，不會去思考其他事情。

不過，莎麗兒大人不是普通的天使，而是流浪天使這種特別的存在，所以才會跟人類這麼親近吧。

「可惡！要是下次又讓我碰到，我一定要揍扁那些傢伙！」

「不可以使用暴力。」

那個男生一邊伸手摀住鼻子，一邊用另一隻手搥地。

「暴力是貨真價實的犯罪行為，是所謂的故意傷害罪。」

「少囉嗦！明明就是對方先來找碴的！」

「就算是這樣也不行。」

莎麗兒大人熟知世界各國的法律。

我不曉得思維模式跟人類完全不同的天使莎麗兒大人，到底對我們人類理解到什麼程度。

可是，透過學習法律，她應該明白人類不喜歡暴力。

「……那些傢伙……」

就在這時，被莎麗兒大人抓回來，之前一直沒有反抗的另一個孩子開口了。

「總是說我們的壞話……不只是這間孤兒院，就連莎麗兒大人也……」
他懊悔地緊咬嘴唇。
我可以理解他的心情。
我們是一家人。
無法取代的家人。
聽到別人說自己家人的壞話，不可能當作沒有聽見。
「就算是這樣，也不能使用暴力。」
「為什麼不行！」
「因為刑法是這麼規定的。」
莎麗兒大人的回答簡單明瞭。
因為法律這樣規定，所以不能做那種事情。
「妳是說刑法就絕對正確嗎！」
「不是。」
可是，莎麗兒大人的回答像是在否定自己先前說過的話。
難道不是因為刑法是正確的，我們才不得不遵守嗎？
「那不就沒必要遵守了嗎！」
「如果不遵守，就會根據刑法受到制裁。」

「所以我們才不能使用暴力嗎！」
「是。」
此時的莎麗兒大人完全沒提到是非善惡的問題。
無關是非善惡，她只是告訴我們使用暴力就會被抓。
「要是別人用話語攻擊你，就用嘴巴反駁吧。」
我覺得這句話很有道理。
不過，只因為我們是嵌合體，附近那些孩子就歧視我們。
把我們無法改變的身分，當成是攻擊我們的材料。
就算我們想要反駁，對方也會單方面地貶低我們。
跟那種人講道理是行不通的。
「我們到底該怎麼做才好……」
比起沒有實際接觸附近那些孩子的我，男生們似乎更能體會到這點。
就算我們出言反駁，對方也完全聽不進去。
但又不能使用暴力。
根本束手無策。
「煩惱吧。」
面對這樣的他們，莎麗兒大人說出這樣的教誨。

「你要一直去煩惱，思考怎麼做才是最好，怎麼做才是不好。因為煩惱會使人成長。」

……我不知道煩惱能不能解決這個問題。

雖然莎麗兒大人的說法確實很不錯，但我不太確定適不適合用來處理這種狀況。

莎麗兒大人果然是個有些脫線的人。

可是，就只有莎麗兒大人是為我們著想才會提出建議這件事，我們都清楚感受到了。

光是這份心意，就讓我們得到了救贖。

Ariel

愛麗兒

本名是愛麗兒。原本沒有名字，就只是波狄瑪斯做人體實驗的受害者。在偶然的情況下，她被莎麗兒取了名字，後來就一直使用這個名字。她是一名嵌合體，體內結合了包含龍在內的各種動植物基因，而其中又以蜘蛛的基因表現得最為明顯。在產生毒素的同時，那些毒素也不斷侵蝕著她的身體。因此身體很虛弱，只能在輪椅上過活。她出身於莎麗兒創立的嵌合體收容所兼孤兒院。因為體質的緣故，讓她覺得自己應該活不久，想要留下親手縫製的手帕，給待在同一間孤兒院的同伴當作遺物。可是結果事與願違，她才是活到最後的人。

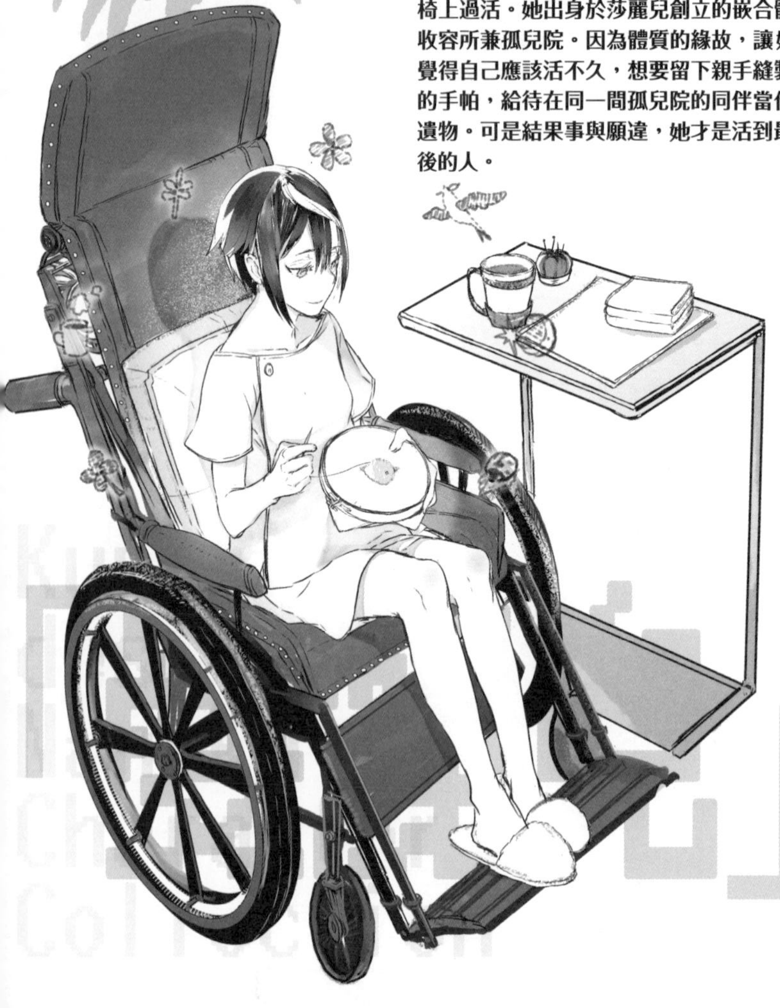

黑4　獨白　吸血鬼

儘管初次見面的場面是那個樣子，我跟佛圖還是有保持來往。

既然被人擺了一道，就得扳回一城才行。

出於這樣的動機，我努力學習人類的常識，為了展現自己的成果，又經常跑去跟他見面。

這樣的事情一直反覆發生。

我甚至把一開始的目的，也就是莎麗兒的事情拋到腦後。

跑去跟女人見面，結果被個老頭子趕跑，之後卻不斷跑去找那個老頭子。

實際說出自己的行為，聽起來實在是糟糕到不行。

……還是別繼續深究下去了吧。

佛圖跟我見面的時候，我們最常做的事情是玩遊戲。

在轉生者原本所處的世界裡，不是有種名叫將棋的遊戲嗎？

在這個世界也有類似的遊戲。

俊曾經教尤利烏斯玩過那種遊戲，尤利烏斯因為輸給弟弟而心有不甘，我也以哈林斯的身分陪他玩過。

可以吃掉別人的棋子拿來給自己用，實在是相當新鮮的玩法。

這個世界的遊戲不同於將棋，被吃掉的棋子會完全被除外。

取而代之的是，棋子的種類與數量都比將棋還要多，棋盤也要來得更大。

這讓遊戲也變得相對複雜，光是玩一局就會用掉許多時間。

因此，把棋子的數量減少，棋盤也變得更小的簡易版反而較為流行。

會玩正式版的都是職業人士和高手。

而佛圖就是這種遊戲的高手。

那傢伙不愧是人見人怕的財界魔王，很擅長操控棋盤上的局勢。

就算是跟職業人士對局，應該也有一戰之力。

呵，不過，他連一次都不曾贏過我。

龍族與人類的大腦計算能力差太多了。

根本沒得比也是理所當然的事。

你說我幼稚？

……或許真的是這樣吧。

但是，就因為我們初次見面的時候，他那樣對我。

就算我稍微還以顏色，給他一點教訓，應該也不過分吧？

那一天，我和佛圖也是在對局。

「唔！」

我移動棋子後，佛圖發出小小的呻吟聲，然後就停住不動了。

他就這麼盯著棋盤看了好一段時間，但最後還是放棄地嘆了口氣，整個人往後躺在椅背上。

「我認輸了。」

佛圖認輸了。

這是正確的判斷。

因為不管他如何掙扎，都沒機會反敗為勝了。

「哎呀，我對自己的棋藝還算有自信，結果輸得這麼徹底，反倒令人覺得神清氣爽。」

這句話似乎不是用來掩飾懊悔的藉口，而是他的真心話。佛圖明明輸了，臉上卻露出開心的笑容。

佛圖伸出手，準備把棋盤上的棋子擺回原位。

「你還要玩啊？」

看著開心地準備繼續對局的佛圖，我覺得有些厭煩。

我剛才也說過，這種遊戲玩一局需要用掉很多時間。

儘管如此，佛圖還是打算繼續玩下去，讓我覺得有點傻眼。

「反正你有的是時間，就算稍微陪陪我這個來日不多的老人也不過分吧。」

身為龍族的我確實沒有壽命這種東西。

雖說玩一局遊戲需要用掉不少時間，但這對生命悠久的龍來說，也只不過是一瞬間的事情。

就算稍微陪他一下，我也不會覺得浪費時間。

「來日不多啊……」

我意味深長地小聲呢喃。

我跟佛圖對局的地方，是一間寬廣的房間。

房裡只有最低限度的家具，完全沒有任何擺飾。

雖說這裡很寬廣，但以大富翁佛圖居住的地方來說，還是稍嫌狹窄了點。

節儉樸實是比較好聽的說法，但很難說是資產總額有如天文數字的佛圖適合居住的地方。

更重要的是，這個房間連一扇窗戶都沒有，燈光也刻意調得很昏暗，感覺十分詭異。

「……也對。沒人知道現在的我到底是不是來日不多了。」

佛圖露出自嘲的笑容，從微揚的嘴角中露出銳利的犬齒。

「唉……雖然我一直認為自己的人生比別人還要起伏不定，想不到會在臨死之前遇到這種事情。」

「是啊。不管是多麼聰明的人，也不可能猜到事情會變成這樣。」

就連身為龍族的我，都想不到會發生這種事情。

套一句轉生者們家鄉的俗諺，這就是所謂的晴天霹靂吧。

以遊戲來說，那件事就像是有人直接把棋盤掀了一樣。

發生在佛圖身上的事情就是這麼離奇。

關於那個事件，我也只是聽別人轉述的。

因為我也不是整天都在觀察人類世界發生的事情。

我只是從身為當事人的佛圖那邊聽說，沒有親眼看到那一幕。

當時，沙利艾拉協會正祕密追查某個犯罪組織。

雖然我用了某個犯罪組織這種說法，但其實那是由好幾個組織結合而成的複合式組織。

不過，據說那些組織之間完全沒有橫向連結，甚至無法掌握之間是否有所聯繫。

因為這個緣故，讓搜查行動陷入困境，在調查上花了許多時間。

沙利艾拉協會了解這種情況，用了稍微有些強硬的手段，無視於國際慣例展開追查。

他們的判斷應該是正確的。

如果放任那個組織不管，可以輕易想見會出現更多的受害者。

可惜的是，即使如此也還是慢了一步。

那個犯罪組織是由某個男子一手建立，目的是替他辦事情。

說到這裡應該不難猜到，我說的那名男子就是波狄瑪斯。

那傢伙把魔手伸進世界各地的犯罪組織，然後逐漸加以掌握。

而且本人從不露面。

因為幾乎所有組織都不知道波狄瑪斯與自己有關聯，可見他到底有多麼謹慎。

但不管有多麼謹慎，也遲早都會露出馬腳。

以那傢伙的情況來說，就是做事做太多了。

讓沙利艾拉協會抓住那傢伙狐狸尾巴的契機就是孤兒。

沙利艾拉協會一直都有在世界各地經營或援助孤兒院，也因此發現一個奇怪的現象。

那就是經常發生孤兒失蹤的事件。

孤兒會因為被人收養，或是到了一定年紀而離開孤兒院。

可是，在離開後就失去聯絡的孤兒變多了。

沙利艾拉協並不會去掌握每個離開孤兒院的孩子的下落。

可是，為了盡量避免他們在剛離開孤兒院時陷入窮困，沙利艾拉協會創立了協助那些孤兒的制度。

絕大多數的孤兒都會到沙利艾拉協會經營的職業介紹所尋求幫助。

他們會在那裡找到工作，得以養活自己。

可是，從某個時期開始，會去利用那些職業介紹所的孤兒就變少了。

照理來說，這種變化不太會被人發現，但莎麗兒注意到這個現象，因為覺得可疑而派人展開調查。

結果協會發現有些孤兒失蹤了，而幕後黑手正是波狄瑪斯所操控的組織。

那些被綁架的孤兒，都成了波狄瑪斯做人體實驗的受害者。

愛麗兒所在的孤兒院的那些嵌合體，都是他創造先天性嵌合體的實驗品，而那些被綁架的孤兒，則是他創造後天性嵌合體的實驗品。

遺憾的是，比起創造先天性嵌合體，創造後天性嵌合體似乎比較困難，那些被綁架的孤兒幾乎都沒能獲救。

倖存者就只有在被抓去做實驗前就得救的那些孩子。

因為這樣的理由，讓協會沒有先慢慢掌握證據，然後再去告發該組織的時間。

沙利艾拉協會徹底發揮其實力，果敢地對該組織展開突襲。

雖然不曉得佛圖花了多少錢，但各國都對沙利艾拉協會這次可說是蠻橫的突襲行動視而不見。

因為各國也希望讓沙利艾拉協會幫忙除去內部的隱憂，這可說對雙方都有好處。

至於跟該組織有暗中勾結的那些國家，我就不知道了。

想要讓一個國家運作，就不可能不弄髒雙手。

不管是不是犯罪組織，只要有利用價值就得加以利用。

這就是所謂的必要之惡吧。

不過，其中應該也有只想從中得到好處的國家，但那就另當別論了。

該如何填補把犯罪組織除掉以後留下的空白，就得看為政者的本領了。

如果佛圖依然健在的話，他應該會介入其中，把撒出去的錢連本帶利拿回來，但可惜他沒辦法那麼做。

前面已經說過，為了破獲那個犯罪組織，沙利艾拉協會用了相當強硬的手段。

而在那些手段之中，也包含直接動武。

沙利艾拉協會有時候也會派遣醫生前往動亂地區。

為了保護那些醫生，沙利艾拉協會擁有表面上是民間保全公司的私人部隊。

就算是沙利艾拉協會，有時候也不得不弄髒自己的手。

他們就是為此存在的部隊。

在查緝該犯罪組織的行動中，那支部隊當然扮演著重要的角色。

我必須事先聲明，那支部隊並沒有過錯。

就連身為受害者的佛圖都這麼說了，後來才聽說整件事情的我也同意這種說法。

那不是任何人的過錯，就只是運氣不好罷了。

……不，就只有一個壞人。

那個人當然就是波狄瑪斯。

波狄瑪斯進行的人體實驗有許多種，而其中一種就是把人變成吸血鬼的實驗。

在這個世界說到吸血鬼這種生物，我最先想到的便是蘇菲亞，但直到她出現之前，吸血鬼這種生物並沒有存在太久。

因為吸血鬼早就被滅絕了。
關於吸血鬼被滅絕的歷史，現在就先不提了。
雖然吸血鬼存在的時間並不長，但其實在佛圖生存的這個時代，也不存在吸血鬼這種生物。
轉生者應該會覺得既然這個世界有龍族，那就算有吸血鬼也不奇怪，但事實正好相反。
正是因為有龍族存在，吸血鬼才會消失。
說得更明白一點，是因為有莎麗兒存在。
就像龍族與天使一樣，吸血鬼這種生物也實際存在。
蘇菲亞是因為技能而變成吸血鬼嗎？
不，她可是貨真價實的吸血鬼。
她天生就是吸血鬼，那個技能只不過是後天加上去的。
不過，D肯定有在其中動過手腳，才讓她天生就是個吸血鬼。
所謂的吸血鬼，就是一種魔術生物。
那是透過魔術的力量誕生的人為種族。
因此，只要學會能把人變成吸血鬼的魔術，任何人都能變成吸血鬼。
可是，大家稍微想想看吧。
那種只要咬人吸血就能增加同伴的種族，不是肯定會打亂生態系嗎？
吸血鬼就像是一種傳染病。

一旦開始蔓延就會失去控制。

正因如此，龍族才會盡量消滅吸血鬼，而吸血鬼也跟莎麗兒保護原生物種的使命有所牴觸。

畢竟吸血鬼也算是一種外來物種。

於是，吸血鬼就被徹底消滅了。

因此，在這個世界裡，吸血鬼只存在於傳說之中。

雖說只存在於傳說中，但還流傳著吸血鬼的故事，不是很奇怪嗎？

這是個麻煩的問題，因為凡是存在感夠大的事物，都會擅自變得廣為人知。

人類的深層心理可能會在無意識中感覺到遠方的事物，將那些事物變成創作流傳到世間，是最主流的見解。

在轉生者們居住的世界中，不是也有關於龍族與天使的創作嗎？

出現在那些創作中的生物，真的只存在於創作之中嗎？

就是這麼回事。

我們龍族與莎麗兒不能連創作都加以消滅。

幾乎所有人類都只把吸血鬼當成是虛構的生物。

而波狄瑪斯不知道是怎麼辦到的，偏偏獨自開發出能把人變成吸血鬼的魔術。

雖然我很不想承認，但那傢伙毫無疑問是個天才。

但就算他是個天才，似乎也沒辦法從無到有創造出完美無缺的術式。

老實說，他創造的吸血鬼化魔術是失敗作品。
那種魔術會讓變成吸血鬼的人類失去理智，襲擊所有遇到的生物，變成只會吸血的怪物。
而這些沒能變成真正吸血鬼的傢伙，就被關在波狄瑪斯底下的其中一個組織裡面。
他們的另一個身分是被綁架的孤兒。
事實上，他們確實是受害者。
為了救出他們，沙利艾拉協會的部隊展開了行動。
那支部隊成功擊敗犯罪組織，把那些受害者救了出來。
遺憾的是，因為受到實驗的影響，那些受害者早就失去理智，還襲擊部隊的成員，但最後還是成功救出了他們。
說到這裡，應該都能隱約猜到那支部隊發生了什麼事吧？
沒錯，就是那麼回事。
那些沒能變成真正吸血鬼的受害者，咬了部隊裡的好幾名成員。
接下來發生的事情，就算不用我說，應該也都明白，那些被咬到的成員都變成吸血鬼了。
而且還跟那些人體實驗的受害者一樣，全都失去了理智。
更糟糕的是，在被咬到之後，他們沒有馬上變成吸血鬼。
如果是真正的吸血鬼，只要在咬人吸血的瞬間，懷著把對方變成吸血鬼的想法，就能把別人變成吸血鬼。

可是，那些失敗作品並非如此。

雖然每個人的潛伏期都不一樣，但據說有人好幾天都還能保持正常。

然後，那些人的身體狀況會在某個時間點突然惡化，並且在感到暈眩的下一瞬間失去理智。

那些被咬到的部隊成員，都變成那種失敗的吸血鬼了。

而讓佛圖變成吸血鬼的元凶，正是其中一名部隊成員。

據說那名男子是那支部隊的隊長。

他當時正在向佛圖報告突襲犯罪組織時的現場狀況，以及實際前往當地的感想。

而不巧的是，他正好在那時變成吸血鬼。

於是，他咬了眼前的佛圖。

……我不認識那個隊長。

因為我不曾見過他。

可是，根據佛圖的說法，當隊長進行報告的時候，似乎有表現出對那些吸血鬼化實驗受害者的同情，以及對那些犯人的憤慨。

他應該是個無愧於佛圖的信任，人格高尚的好人吧。

正因如此，他突然襲擊佛圖這件事，才會讓其他相關人士難以置信。

這號人物突然做出這樣的暴行。

再加上身為重要人物的佛圖遇襲，讓吸血鬼化這個可怕現象的真相，很快就被查明清楚。

剛開始的人體實驗受害者，還有被他們咬到的部隊成員。
以及被那些部隊成員咬到的第三波受害者。
這些人都被迅速隔離了。
如果這些行動稍微晚一點進行，吸血鬼或許就會在轉瞬間蔓延到全世界。
情況就是如此危險。
雖然我不是很想這麼說，但都是多虧了佛圖的犧牲，才能把損失壓到最低限度。
面對這麼嚴重的事情，還只有這麼少的損失，甚至可說是奇蹟了。
還有另一件可以算是奇蹟的事情。
那就是佛圖的精神狀況。
受害者全都失去了理智。
而佛圖是唯一的例外。
當佛圖被隊長咬到的時候，因為出血量太多，而他又年事已高，所以到鬼門關前走了一趟。
他短暫陷入昏迷，但成功脫離險境，重新醒了過來。
他身上當時就已經出現吸血鬼化的徵兆，也就是犬齒出現變化，就算重新恢復意識，大家也不認為他能保有理智。
因此，躺在床上的他被綁住了手腳。
佛圖剛醒過來的時候，第一件事就是對此表示抗議，憤怒地命令趕來的醫生快點替他鬆綁。

好像就是在這個時候，醫生才知道佛圖還保有理智。

關於佛圖為何可以保持理智這點，目前還沒有答案。

我也有不知道的事情。

生命偶爾會超出我們的想像。

佛圖就是這樣，波狄瑪斯亦然。

不過，佛圖應該是靠著他那種惡劣的個性，戰勝吸血鬼化的詛咒吧。

話雖如此，就算還能保有理智，佛圖依然變成了吸血鬼。

而且遲早有可能跟其他受害者一樣失去理智。

因此，佛圖才會遭到隔離。

我造訪的地方，就是用來隔離佛圖的房間。

「唔！」

佛圖再次小聲呻吟。

遭到隔離的佛圖總是閒得發慌。

所以，我偶爾會跑來找他，陪他玩遊戲打發時間。

雖說他正受到隔離，但我可是龍族，人類根本無法阻止我來找他。

隔離所的管理員看起來不太情願，但就算我來這裡拜訪他，也不曾遭到制止。

「不能喊暫停喔。」

「喊暫停根本就是邪魔歪道。人生中幾乎沒有能讓人喊暫停的時候。就是因為這樣，人類才會害怕犯錯。」

他說得沒錯，在我的印象中，佛圖從來不曾喊過暫停。

「可是，人類還是會犯錯。無論如何都會有犯錯的時候。當那些錯誤不斷累積時，為了避免犯下新的錯誤，人們就會制訂規則，盡可能地減少錯誤。人類的歷史就是犯錯的歷史。記取那些歷史作為教訓，才造就了現在的人類。不過，就算是這樣，人類也還是會犯錯。」

佛圖一邊這麼說，一邊移動棋子。

我立刻移動棋子，再次輪到佛圖行棋。

可是，佛圖陷入長考，好一段時間都沒有動作。

「我也不是白白輸了那麼多場。我不斷經歷失敗，每次失敗都讓我學到了教訓。我現在就要活用那些教訓，使出這神之一手！」

佛圖大聲地如此宣言，移動棋子。

面對他的神之一手，我想也不想就移動自己的棋子，封住了他的攻勢。

微妙的沉默籠罩著周圍。

「……不管怎麼樣避免犯錯，也不見得就能找到最好的答案。這就是最好的例子。」

「你還真會狡辯。」

這個名叫佛圖的男子就是這麼能言善道。

在對弈的過程中，他可以從無關緊要的閒聊，一直說到令我忍不住感嘆的長篇大論。

「畢竟語言就是人類最偉大的發明。人類的歷史就是把一堆歪理結合起來的結果。」

「不，這樣說太奇怪了吧？」

因為他開始說出這種不知道是認真還是在開玩笑的鬼話，讓我覺得莫名其妙的情況也不少。

「這樣一點都不奇怪。因為有龍族這個絕對的強者，讓我們人類不曾依賴武力。雖然武力是最後的依靠，但實際動武之前的唇槍舌劍才是重點。人們只能編造歪理，設法讓對方對自己言聽計從。就是因為一直在做這種事情，我的嘴巴才會變得這麼惡毒。」

「別把自己的臭嘴怪罪到歷史頭上。還有，也不要偷偷怪罪到我們龍族頭上。」

就講歪理跟呼吸一樣自然這件事來說，佛圖毫無疑問是個天才。

……真是個討厭的天才。

「真是的。你耍嘴皮子的功夫還真是可怕。」

「就只有這點，我不覺得自己會輸給任何人。」

佛圖輕輕帶過我的諷刺，一臉得意地移動棋子。

當然，我也立刻移動棋子，讓他收起那種得意的表情。

「我不覺得自己的棋藝會輸你，但我的口才應該是贏不過你。」

「我想也是。人類與龍族的思考速度果然差太多了。不管我挑戰多少次，恐怕都不可能下棋贏過你吧。真是不可思議。明明同樣都是用腦，比下棋我就贏不了，比辯論我就不會輸。難道是因為龍族的計算能力較為優秀，但人類較為狡猾嗎？」

在盯著棋盤看的同時，佛圖露出有些愉悅的表情。

「龍族是偉大的生物，這點毋庸置疑。可是，不管龍族有多麼偉大，也不是沒有劣於其他生物的地方。龍族就沒有人類的那種狡猾。因為龍族不需要那種能力就很強大了。就算不像人類那樣不擇手段，只要光明正大地正面對決，就能戰勝絕大多數的敵人，所以不需要讓自己變得狡猾。可是，那正是龍族的疏忽大意之處。因為看不起下等生物，才會被人類的卑鄙手段算計陷害。沒錯，就跟現在我眼前這位被我的花言巧語欺騙，主動配合人類的規則陷入苦戰的龍一樣。」

佛圖一臉愉悅地這麼說道。

明明在棋盤上是我占上風，佛圖這番話卻讓我感受到強烈的挫敗感。

彷彿一切都逃不出眼前這名在龍族眼中不值一提的虛弱老人的手掌心。

而從客觀的角度來判斷，我認為他的說法非常正確。

想不到身為龍族的我，竟然會被人類這種下等生物任意擺布。

不過，他當時已經不是人類，而是吸血鬼了。

但這也只是微不足道的小問題。

「人類很卑鄙，而且比龍族想的還要愚蠢。儘管不斷在歷史中累積錯誤，並且從中學到教訓，也還是會繼續犯錯。永遠不會停止犯錯。而且更糟糕的是，人類每次犯錯後，就會變得更加狡猾，讓犯錯後的代價變得更加巨大。吸取教訓明明是為了減少損失，實在太奇怪了。」

儘管被佛圖任意擺布，我還是願意站在人類的角度面對他，是因為這也算是一種考驗。

這是為了讓我有能力面對莎麗兒的一場考驗。

「儘管身為龍族，你還是搞懂了人類的價值觀。不過，這樣依然很難算是真正理解人類。我剛才也說過，人類這種生物遠比龍族想的還要愚蠢。而莎麗兒大人一直都在面對這樣的愚蠢。」

佛圖移動棋子。

當佛圖還在猶豫是否該放開棋子時，我就已經移動自己的棋子了。

「我認輸了。」

佛圖露出開朗的表情，承認自己的敗北。

「神與人。如果是同時兼具這兩種價值觀的你，或許有機會改變莎麗兒大人。人類已經不可能辦到這件事了。可是，神也不可能辦到。就只有身為神，卻又能理解人類的傢伙辦得到。」

那是輸家給贏家最好的建議。

然後他拜託我。

「我已經變成這樣了。我八成無法離開這裡了吧。所以，只能拜託你了。」

不但變成吸血鬼，而且還被隔離的佛圖，能做的事情非常有限。

如果只是要提供資金的話，雖然可以在某種程度上得到通融，但也就只有這樣了。

如果要他像過去那樣替莎麗兒做事，勢必會受到限制。

「莎麗兒大人就交給你了。」

說完，佛圖低頭拜託我，但我一句話都說不出來。

我真的有辦法替莎麗兒做些什麼嗎？

面對這個問題，我無法做出明確的回答。

正因如此，我才無法隨便答應這個要求。

……而我的疑惑成真了。

我沒能回應佛圖的期待。

間章　波狄瑪斯與吸血鬼

吸血鬼——

那是個失敗。

得到一些關於魔術的知識後，我還以為自己發現用魔術讓人類進化的術式，但結果卻是那樣。

我之所以沒有處理掉那些不完全的吸血鬼，是為了用那些失敗作品繼續做人體實驗，但因為沙利艾拉協會從中攪局，讓那些失敗作品都被帶走了。

算了，反正那些傢伙也不能拿來做什麼重要的實驗。

我就當作是有人幫我省下處理掉他們的功夫吧。

不過，後來那些不完全的吸血鬼又變多了，其中還有一個傢伙變成真正的吸血鬼，讓我很感興趣。

如果情況允許，我很想研究看看那傢伙的身體，但應該是沒辦法弄到那個檢體了。

不過，像吸血鬼那種弱點太多的種族，跟我理想中的永生實在差太多了。

就算能得到那個檢體，我也只會拿來做人體實驗，直到完全失去利用價值。

只要這麼想，就一點都不覺得可惜了。

5 決戰　蜘蛛VS超級機器人

太扯了吧！

在擊倒機器人的過程中，我還覺得輕鬆愉快。

可是，那些被我擊敗的機器人其實只是量產型的小兵，後來又跑出名叫「光榮使者」的超級機器人。

而且連那種超級機器人也是量產型兵器……

這些超級機器人的實力還是未知數。

如果完全相信波狄瑪斯過去的說法，那種超級機器人的實力似乎凌駕在高階龍種之上。

而那種敵人到處都是……

糟了，情況不太妙……

現在可不是保留實力的時候。

考慮到今後的事情，我不是很想在這一戰消耗太多分體，但現在好像不是在意損耗的時候了。

我發動千里眼，迅速確認超級機器人的數量。

這種敵人大約有一千多台！

數量再怎樣也比普通機器人還要少。

不過，光是有這麼多比高階龍種還要強的戰力，就已經夠可怕了。

人偶蜘蛛四姊妹也是一樣，只要這種能力值破萬的傢伙想要動手，就能單槍匹馬滅掉一個國家。

絕大多數人的能力值都沒有破千的人族與魔族，根本就無力對抗。

如果讓好幾個能力值破千，在人族與魔族之中被稱作英雄的傢伙，賭上性命前去迎戰，也不見得能夠成功擋下。

如果不是勇者那樣的例外，跑去對付那種傢伙簡直愚不可及。

這些傢伙就是如此強大。

在那些怪物之中，高階龍種也是佼佼者。

而超級機器人又能擊敗高階龍種。

這種敵人居然有超過一千台？

這可不是開玩笑的，如果擁有這樣的戰力，就算與全世界為敵都打得贏吧……

有能力對抗的人，就只有魔王和邱列邱列了……

波狄瑪斯先生，難不成你打算毀了這個世界嗎？

……這麼說來，這個世界快要崩壞，就是波狄瑪斯害的。

那傢伙是破壞神嗎？

……總覺得好像就是這麼回事。

算了，別去想這種無聊的事情了，我得解決掉這個破壞神的尖兵，也就是這些超級機器人才行。

哎、哎呀，那個啦。

說什麼實力超越高階龍種，也只是波狄瑪斯自己的說法不是嗎～？

其實只是波狄瑪斯自吹自擂，那些超級機器人根本沒那麼厲害，也不是完全不可能吧～？

眼前的超級機器人動了起來。

它用與那種巨大身軀完全不搭的驚人速度，瞬間就衝到人偶蜘蛛四姊妹中的莉兒面前，把刀刃橫向一揮。

莉兒在千鈞一髮之際用橋式往後彎上半身躲過刀刃。

……為什麼要那樣閃躲啊？

下一瞬間，除了被襲擊的莉兒，其他三姊妹全都撲向超級機器人。

她們全都已經伸出隱藏的手臂，用六隻手拿著武器，同時砍向超級機器人！

金屬互相撞擊的刺耳聲音響徹周圍。

三姊妹與莉兒迅速拉開跟敵人之間的距離。

……莉兒保持著往後彎上半身的姿勢移動，她到底為什麼要那樣逃跑？

我觀察超級機器人的反應，發現其裝甲居然毫髮無傷！
山不轉路轉，人偶蜘蛛四姊妹同時發動魔法。
這招是我也很愛用的暗黑槍！
暗黑槍從四個方向發射過去，成功擊中超級機器人！
但在碰觸到那傢伙的裝甲之前，暗黑槍就消滅了。
那是波狄瑪斯常用的抗魔術結界，也就是讓人無法使用魔術的結界。
雖然那種結界似乎不能像波狄瑪斯那樣廣範圍展開，卻像是直接覆蓋在裝甲上一樣。
換句話說，只能用與魔術無關的物理攻擊直接破壞，或是用足以突破抗魔術結界的超高輸出直接貫穿……
可是，就連能力值破萬的人偶蜘蛛四姊妹揮劍都砍不動了，而且魔法也被完全抵消，看來用物理攻擊與魔法攻擊都很難突破……
防禦能力只有可怕能形容。
至於攻擊能力……
超級機器人像是要回禮一樣，把類似大砲的東西對準人偶蜘蛛四姊妹。
從砲口射出的光線，輕易就貫穿樹木與地面。
當然，在敵人射出光線以前，人偶蜘蛛四姊妹就跳開了。
可是，從地上空洞的深度來判斷，要是被直接射中的話，就算是人偶蜘蛛四姊妹，也不可能全身而退。

然後，超級機器人又揮刀砍向躲開光線的菲兒。

攻擊與攻擊之間幾乎沒有間隔。

明明是個機器人，做出判斷的速度卻快到令人驚訝的地步。

不對，正因為是機器人，所以做出判斷的速度才會這麼快吧。

問題在於，不但做出判斷的速度很快，機體本身的速度也夠快。

如果換算成能力值的話，那種速度肯定破萬。

因為連菲兒都跟不上那種速度。

就時機上來說，菲兒不可能完全躲開那一刀……

我把菲兒轉移到自己身邊，刀刃劈開了菲兒剛才所在的地方。

雖然刀刃直接砍在地上，卻沒有折斷，反倒把地面輕易劈成兩半。

原來如此。

看來這些傢伙的攻擊能力也很強呢～

別說是堅硬的蔬菜和帶筋的肉了，那把刀恐怕就連砧板都能輕易切開吧，這位太太！

……看來這傢伙真～的有擊敗高階龍種的實力。

這種傢伙真～～的～～有超過一千台……？

我完全沒有小看波狄瑪斯的意思，但看來他的戰力比我預期得還要高上許多耶～

……抱歉，我說謊了。

我本來真的有點小看他……

這也怪不得我吧！

因為波狄瑪斯最近一直被我們壓著打啊！

當前魔族軍第七軍叛變的時候，雖然我也掛彩了，但我也在他臉上狠狠揍了一拳。

之前人魔大戰的時候，他也在背地裡暗中搞鬼，結果卻被我搶先一步，徹底擊潰他的部隊。

而且他最近還在王國裡被吸血子斬首。

對吧！波狄瑪斯最近根本沒有什麼好表現不是嗎！

這樣還要人別小看他，也未免太強人所難了吧？

就算我有點太過輕視他，也不是我的問題。

換句話說，我是無罪的。

不過，這就證明一直說大話的波狄瑪斯，絕對不是只有嘴巴厲害。

他最近一直沒有好表現，肯定是因為有無法使出全力的苦衷。

要是讓那種超級機器人出擊，就算只有一台，也會逼得邱列邱列不得不親自出馬。

對於畏懼邱列邱列的波狄瑪斯來說，就只有這件事他無論如何都想避免吧。

反過來說，這就代表他不完全畏懼其他人。

而他這次是認真要動手擊潰我們。

那傢伙應該也對自己的實力有著絕對的自信吧。
他認為自己絕對不可能輸。
親眼見識到這樣的戰力，我不是不能理解他的想法。

不過，就算是這樣，他還是贏不過我。

我承認。
波狄瑪斯的戰力比我預期得還要強。
不過，這並沒有超出我能應付的範圍。
就跟波狄瑪斯有著絕對的自信一樣，我也有著絕對的自信。
雖然波狄瑪斯的戰力確實比我想得還要強，但也不過就是超出我原本的預期罷了。
而我原本預期的戰力，就是可以預期的最低值與最高值之間的平均值。
波狄瑪斯大幅超過了那個平均值。
可是，並沒有超過最高值。
因為我預期的最高值，就是足以跟邱列邱列對等戰鬥的戰力。
我不認為波狄瑪斯擁有超過這個標準的戰力。
因為如果他有能力做到那種事，以這傢伙的個性來說，他不可能不付諸實行。

都是因為有邱列邱列在，才讓他比較安分一點，如果他有辦法除掉這個眼中釘，不可能不動手。

既然波狄瑪斯沒有動手，那他的戰力必然不會高於邱列邱列。

我沒說是低於，是因為以波狄瑪斯那種謹慎的個性來說，如果勝算只有五成，他可能就不敢放手一搏。

雖然對波狄瑪斯來說，邱列邱列是個眼中釘，但並不是需要冒險挑戰的對象。

因為那傢伙的目的不是擊敗邱列邱列啊……

他強化戰力是為了以防萬一，並不是主要目的。

就是因為這樣，我才會低估波狄瑪斯的戰力，但那傢伙似乎比我想的還要謹慎。

他應該很害怕邱列邱列吧。

不過，就是因為這樣，我才敢斷言自己能贏過波狄瑪斯。

畢竟我可是一直以邱列邱列為假想敵在鍛鍊自己。

破壞系統是我的一大目標。

當邱列邱列得知我隱瞞的這個目標時，沒人敢保證他不會阻擋在我面前。

不如說，他有相當高的機率會出面阻止吧。

正因如此，我才會一直鍛鍊自己，以求能夠戰勝邱列邱列！

像這種因為害怕邱列邱列，只敢躲在妖精之里的傢伙，我不可能會輸！

戰鬥分體全員聽令！

別管那些機器人了！

全力擊敗超級機器人吧！

超級機器人大約有一千台。

相較之下，戰鬥分體有一萬隻。

數量相差十倍。

可是，如果換算成能力值的話，戰鬥分體的實力與人偶蜘蛛四姊妹差距不大，都有破萬的水準。

考慮到人偶蜘蛛四姊妹聯手出擊，也完全敵不過超級機器人這點，就算依靠數量優勢，應該也無法彌補戰力上的差距。

很遺憾，戰力這種東西沒辦法用加法來計算。

就算把換算成能力值約為一萬的戰力湊上十個，也敵不過換算成能力值約有十萬的敵人。

如果換算成能力值的話，超級機器人的戰力大約是兩萬左右。

這種戰力就跟女王蜘蛛怪同等級，頂多也就是略遜一籌。

如果人偶蜘蛛四姊妹拚命去挑戰，或許可以用同歸於盡的方式解決掉一台。

換句話說，如果用跟人偶蜘蛛同等級的戰鬥分體去挑戰，只要犧牲超過四隻，就能解決掉一台超級機器人。

不過，我完全不打算付出那麼大的犧牲。

把戰鬥分體的體能換算成能力值的話，確實大約是一萬左右。

可是，那只不過是體能的數值。

在這個世界，戰力的優劣並不是只靠能力值來決定。

過去的我面對能力值大幅強於自己的敵人，也能靠著技能的力量取勝。

雖然我現在已經被系統排除，沒辦法使用技能的力量，但我擁有為了重現那種力量而鍛鍊出來的魔術。

而戰鬥分體也是如此。

老實說，戰鬥分體那種換算成能力值大約有一萬的體能，只不過是裝飾品罷了。

我原本就不擅長肉搏戰。

戰鬥分體和我這個本體的強項，是在中距離運用蜘蛛絲與毒的各種奇招，以及遠距離的魔術攻擊。

體能只不過是輔助罷了！

我就讓各位見識一下這種戰法的精髓吧！

戰鬥分體全員聽令！

朝向超級機器人發動次元斬！

聽從我的號令，各地的戰鬥分體全都使出了次元斬！

我來說明一下吧！

所謂的次元斬，就是用空間魔術切斷敵人所在的空間，變成讓人無法防禦的斬擊，是我的必殺技！

由於是空間本身遭到切斷，所以不可能依靠物理防禦力抵擋！

就像我過去曾經把鬼兄轉移到遙遠的上空讓他摔下來一樣，如果沒有做好對策，就會讓空間魔術變成無法抵擋的必殺技。

因為這招強到犯規的地步，讓空間魔法這個技能被設下限制，無法使出這類即死技能，但現在的我並沒有受到那種限制！

換句話說，那些無法防禦的必殺技，我愛怎麼用就怎麼用！

就算那些超級機器人很厲害，面對這樣的必殺技，也不可能全身而退……

……啊。

戰鬥分體同時使出次元斬。

可是，覆蓋在超級機器人裝甲表面的抗魔術結界，讓那些次元斬全都無法發動。

……現……現在還不需要慌張！

我要冷靜……我要冷靜……

說得也是。

我有些太過興奮，讓所有戰鬥分體同時使出次元斬，但只要仔細想想，就知道那種招式不可能對超級機器人管用吧！

次元斬是對空間產生作用的魔術。

而覆蓋在那些超級機器人裝甲表面的，是能在特定範圍內妨礙魔術發動的結界。

沒錯，特定範圍之內！

換言之，就是在特定空間之內都行！

我剛才就是在能夠於特定空間內阻礙魔術發動的結界之中，使用對空間產生作用的魔術。

嗯！結果就是大家看到的這樣！

魔術根本就沒有發動！

抗魔術結界根本就是這招的剋星！

傷腦筋……

看來不光是次元斬，只要是攻擊系的空間魔術，應該都不會管用。

只要沒有做好對策，空間魔術就會變成無法抵擋的必殺攻擊。

但只要有做好對策，就會變得完全無效，可說是非常極端。

不管是像次元斬那樣切斷空間，還是直接壓縮空間，還是像對付鬼兄那樣把敵人轉移到危險的地方，這些招式全～都不能用了。

因為空間魔術是對空間產生作用，只要事先進行封鎖，讓魔術無法對空間產生作用就行了……

超級機器人的抗魔術結界不是只針對空間魔術，但以對策來說，只能說是完美無缺。
可是，我現在該怎麼辦……
既然我手中最不講理的攻擊手段空間魔術不管用，其他能派上用場的手段就很有限了……
如果要無視抗魔術結界，最好的做法就是使用物理攻擊，但我已經強調過許多次了，戰鬥分體的體能換算成能力值就只有一萬左右。
既然實力差不多的人偶蜘蛛四姊妹都無法傷到敵人的裝甲，就算我讓戰鬥分體上前戰鬥，應該也無法造成有效的傷害。
如果不惜玉石俱焚的話，只要使用死滅系的攻擊就行了……
死滅系的攻擊就是技能中的腐蝕攻擊。
我還能使用技能的時候，那是反作用力驚人，但威力也無可挑剔的自殺攻擊。
一旦拿來使用，身體就會有一部分跟著消滅。
不過，我還能使用技能那時，那種驚人的反作用力，其實還算是有受到壓抑的。
如果讓戰鬥分體使用死滅系的力量，那個分體就會直接消滅。
換句話說，完全就是自殺攻擊。
雖然威力也相對地無可挑剔，但只要拿來使用，就必須犧牲掉一隻分體。
如果是這樣的話，為了擊敗數量大約有一千台的超級機器人，我就得犧牲掉同樣數量的分體。

我覺得這樣好像不太划算。

唯一的例外是，只要讓本體使用我心愛的大鐮刀，就能夠運用死滅之力，而不會受到反作用力的傷害，但要讓本體去慢慢對付那一千台超級機器人，實在是太花時間了。

讓分體使用死滅系攻擊，是只有在其他手段統統不管用時的最後手段。

總之，我無意打肉搏戰，也不想使用死滅系的能力。

而關於魔術的部分，我最擅長的空間魔術剛才已經表演過了。

那我第二擅長的黑暗系魔術又會如何？

因此，我隨便找個分體，朝向超級機器人射出像是暗黑槍的魔術。

暗黑槍直接擊中超級機器人的裝甲。

抗魔術結界與暗黑槍內含的能量互相碰撞，讓超級機器人重心不穩，往後退了幾步。

抗魔術結界就跟龍結界這個技能一樣，能夠妨礙魔術發動。

話雖如此，這種妨礙能力也是有限的，如果用比結界更強的輸出輾壓過去，應該能對敵人造成被抵銷後的傷害……

被暗黑槍擊中後，超級機器人被直接打到的裝甲稍微受損了。

……看樣子好像不行。

剛才那招竟然只能造成這點傷害……

雖然還是有造成傷害，但不曉得必須射中幾發才能打倒敵人。

要是真的這樣打，恐怕得打到太陽下山。

而且在那之前，戰鬥分體恐怕會先出現不容忽視的傷亡。

要是這樣的話，只怕會變成一場爛仗。

嗯～看來想要用魔術擊敗敵人，恐怕會有些困難……

那再來就只剩下蜘蛛絲與毒了吧？

毒……對機器下毒啊……

嗯，感覺就不會管用。

蜘蛛絲也不是我的主要武器……

那是用來讓敵人無法動彈的陷阱，必須配合其他攻擊手段才能發揮價值。

在其他攻擊手段都不管用的這種情況下，實在有點……

……咦？

我無計可施了嗎？

……才沒有那種事！

還沒結束！

現在放棄還太早了！

算了，不開玩笑了，我還有其他能擊敗超級機器人的手段。

而且我有信心用那招絕對可以打贏。

若非如此，我也不會充滿自信地說自己不會輸給波狄瑪斯。
不過，如果可以的話，我想要盡可能地保留那招不用啊～
我不想在這種地方使出那招。
問題就在於該如何在不使用那招的情況下擊敗超級機器人……
嗯～雖然覺得有點浪費，但看來只能使用這招了。
為了對付波狄瑪斯，我準備了一種特別的子彈。
就把這種子彈拿來用吧。
我早就知道波狄瑪斯會使出這種抗魔術結界，當然會事先做好對策。
如果可以的話，我想把這招用在波狄瑪斯本人身上，但現在也由不得我了。
要是放著這種超級機器人不管，吸血子等人也有可能受到傷害。
現在就是拿出這張王牌的時候了。
事情就是這樣，開始連線！
我在本體與空間專家分體之間建立連線。
一如其名，空間專家分體是專門用來施展空間魔術的分體。
牠們平常都躲在自己創造出來的異空間裡面。
而我這次要使用的是由空間專家分體創造出來，加以管理的其中一個異空間。
我透過本體從裡面拿出某樣東西。

我得好好瞄準，小心別射偏了。

因為這種子彈非常寶貴！

準備這種子彈費了我好大一番功夫，我甚至有點可以理解波狄瑪斯不想浪費子彈的心情！

不過，波狄瑪斯使用的子彈跟這種子彈完全不同，讓我不太清楚到底何者比較寶貴。

我就使用這種子彈，解決掉那些超級機器人吧。

鎖定目標……發射！

我射出去的子彈成功擊中眼前這台超級機器人。

子彈輕易貫穿——應該說直接粉碎了超級機器人的裝甲。

還不只是這樣，子彈又繼續筆直前進，接連粉碎掉前進路線上的弱小機器人。

我明明沒有刻意瞄準，子彈卻偶然擊碎前進路線上的第二台超級機器人，最後飛向遠方。

……這也未免太可怕了吧！

發射這種東西的時候，如果沒有算好彈道，可是會出大事的！

要是不小心射到同伴，肯定會造成慘劇！

呃，我早就知道這種子彈的威力很可怕了喔！

可是，這種威力還是有點太誇張了……

坦白說，我覺得自己做得太過火了。

能夠發揮出這種誇張破壞力的子彈，其實就是隕石。

沒錯，就是隕石。

與其說是隕石，不如說是從宇宙空間丟向這顆星球的東西。

就物質上來說，這種子彈是由神話級魔物身上的素材打造而成。

我讓吸血子和鬼兄去回收能源，順便提昇等級的時候，就獵殺了不少神話級魔物。

我從其中挑選出看起來很堅硬的優良素材，拿來做成子彈。

我對形狀沒有要求，但其實是就算有要求也沒用，只要夠堅硬就行了。

不光只是堅硬，還得有辦法承受衝進大氣層時的高溫才行。

這個條件讓我淘汰了一些素材。

而我把滿足這些條件的子彈轉移到宇宙，讓子彈墜落到這顆星球。

只要是在不會進入衛星軌道的範圍內，我只需要把子彈轉移過去，子彈就會自己往下墜落。

問題在於之後該如何接住掉下來的子彈。

因為如果沒有接好，子彈就會直接撞到地面。

關於該如何接住子彈這個問題，我的做法是先一步趕到墜落的地點，在子彈撞到地面的前一刻，把子彈丟到異空間裡面。

而且是能讓子彈在真空狀態下筆直前進，前進一段距離就會回到起點的異空間。

只要把隕石彈放進這種無限循環的異空間，就能讓隕石彈保持進去時的速度，永不停止地往前飛行。

因為真空中沒有空氣阻力啊。

既然可以保持原本的速度，就代表衝撞時的破壞力也能保持不變。

只要把這種隕石彈從異空間裡放出來，就能直接使出隕石攻擊了。

我過去用在波狄瑪斯身上那招，是從天上丟下巨大的岩石。

可是，我覺得光是這樣稍嫌有些威力不足，就決定使用貨真價實的隕石。

不過，因為隕石墜落下來會有一段時間差，墜落的距離又遠，所以必須仔細計算墜落地點才行。

而且一旦目標移動，即使算好墜落地點也沒用了。

因為有時間差，敵人也有時間可以逃跑。

為了解決這些問題，我才會想到把墜落的隕石保存在異空間裡的做法。

哎呀～雖然能想到這個主意是不錯，但實際要保存隕石可是很困難的。

我剛才也說過，想要成功接住隕石並不容易。

就算是職棒選手，想要追到並接住高飛球，也不是件容易的事不是嗎？

在隕石墜落之前，也得先跑到墜落地點去等待，要是不小心沒接到，附近地區就會被夷為平地，其實是件很費神的事情呢。

然後為了確保有充足的子彈數量，這樣的事情必須做上好幾遍……

不過，多虧有這些辛苦的準備工作，我才使用威力如此強大的隕石彈。

這股威力可以用ｍｇｈ來計算。
ｍ是質量。
ｇ是重力加速度。
ｈ是高度。
把這三個數值相乘，就能得到該物體所蘊含的重力位能。
這是高中物理會教的東西。
還沒學過的人請務必記下來。
不過，ｍ會在衝進大氣層時因為燃燒而減少，ｇ也會因為這個星球與地球的質量不同而有所改變，ｈ也會因為隕石是從位在重力場外的宇宙掉下來，而變得不是很準確。
也就是說，其實根本沒辦法計算出正確的數值啊！
那我說這些事情到底有何意義？
……難道就不能讓我稍微賣弄一下知識嗎？
咦？你叫我別拿高中物理的基本常識來賣弄知識？
這又不能怪我！
我的記憶就只到高中時代啊！
我當然也只有高中程度的知識，如果想要賣弄知識，也就只能拿到高中為止學過的東西啊！
雖然有人可能會覺得，既然只有那種程度的知識，乾脆不要拿出來賣弄會比較好，但人類有時候就是會想要耍帥一下啦。

你說我不是人類？

……我確實不是。

好啦，也差不多該停止逃避現實了。

為了對付波狄瑪斯，我準備了這些隕石彈。

威力無可挑剔。

威力強大到甚至有些危險的地步，但我現在知道這東西可以順利解決掉超級機器人了。

畢竟啊……

這是純粹的物理攻擊，抗魔術結界根本就派不上用場。

而且裝甲也抵擋不住這樣的威力。

我覺得自己可能做得太過火了，但有備無患才是正確的態度。

為了對抗波狄瑪斯的抗魔術結界，我選擇了純粹的物理攻擊手段，努力擠出時間製造這些隕石彈。

數量大約是一萬。

雖然在看到超級機器人的數量之後，我還吐嘈波狄瑪斯是不是打算毀滅世界，但要是讓這些隕石彈全部落在地表上，我也會毀滅世界呢……

雖然我不會做那種事就是了。

不過，我現在就會用掉其中的一千發，這樣我就不能毀滅世界了吧！

事情就是這樣，趕快解決掉剩下的超級機器人吧！

啊，還得小心選擇彈道才行！

我可不能搞出讓同伴被流彈打死，那種一點都不好笑的意外。

剛才沒有多想就射出第一發，實在是太輕率了。

只是彈道上碰巧沒有友軍，又碰巧有第二台超級機器人，才沒有造成問題。

不過，也是因為這個緣故，讓我明白有機會用一發隕石彈，解決掉超過兩台的超級機器人。

既然這樣，那我當然要以此為目標吧！

畢竟隕石彈數量有限啊。

當然是能省則省。

於是，我試著找出有超過兩台的超級機器人排成一線，而且延長線上沒有友軍的彈道。

只要用千里眼綜觀整個戰場，就能辦到這種事情。

我找到幾個看起來不錯的彈道，立刻把戰鬥分體轉移到那些彈道上，讓戰鬥分體發射隕石彈。

現場同時響起好幾道巨響。

太神啦～！

看到剛才那一幕了嗎！

我只用一發隕石彈就解決掉五台超級機器人了喔！

太爽了～～！

這種腦內大量分泌多巴胺的感覺，真的會讓人上癮！

我剛才的同時射擊，成功解決掉不少超級機器人。

畢竟我只用一發就同時解決掉最多五台的超級機器人，算是有了好的開始。

最少也能一發解決掉兩台超級機器人。

雖然超級機器人一直都在移動，但前進的方向幾乎都一樣啊～

不是朝向帝國軍與魔族軍移動，就是朝向女王率領的蜘蛛怪軍團移動。

只要知道敵人前進的方向，想要同時狙擊就很容易了。

隕石彈不但破壞力強大，發射時的速度也很驚人，就算是超級機器人也很難閃躲。

要是從那種無法防備的超遠距離，突然飛過來必殺的一擊，想也知道會反應不過來。

話雖如此，剛才那一擊還是做得太過火了。

除了快要遇上帝國軍的部分敵人之外，所有超級機器人都同時掉頭了。

它們開始對周圍保持警戒。

而超級機器人鎖定的新目標，當然是那些戰鬥分體。

雖然剛才的同時射擊是我在射擊的前一刻，把那些戰鬥分體轉移到超級機器人附近，才能成功偷襲，但既然敵人已經有所防備，想要偷襲就會變得困難……好像也不至於。

光是在轉移後立刻射擊，就已經夠讓人防不勝防了。

至少我方肯定可以先發制人，根本就是犯規。

就是因為可以做到這種犯規的事情，空間魔法這個技能中的轉移術才會被設下限制，就算事先準備好其他魔法，也會在發動轉移後被取消掉。

我也一直很希望能做到那種事情。

可是！

完成神化的我，不會受到那種限制！

想要對付會使用抗魔術結界的超級機器人，用空間魔術直接攻擊並不管用。

可是，空間魔術的其他用法並沒有受到限制。

我可以把戰鬥分體轉移到任何地方，也可以從任何地方發射隕石彈。

如果要防範我這招，就必須像波狄瑪斯的義體一樣，廣範圍展開抗魔術結界，但超級機器人沒有那種能力。

就算它們有那種能力，我也只需要從結界的範圍之外，發射隕石彈就行了。

雖然我是在發射的瞬間，用空間魔術把隕石彈從異空間拿出來，但除此之外就真的只是普通的物理攻擊。

就算敵人廣範圍展開抗魔術結界，也毫無意義。

畢竟這可是我特別準備用來對付波狄瑪斯的對策。

事情就是這樣，第二波預備……不，如果把第一發算進去，那這就是第三波射擊了！

戰鬥分體轉移！然～後～發射隕石彈！

戰鬥能力甚至超越高階龍種的超級機器人毫無反抗之力，只挨了一發就徹底粉碎。

太爽啦～～！

把壓倒性的強者，用更不講理的手段變成廢鐵！

爽！

超級機器人很強。

無庸置疑的強。

事實上，就連在這個世界算是頂尖強者的人偶蜘蛛四姊妹，都完全不是它們的對手。

要是正面對決的話，連我都得費不少功夫才能解決。

波狄瑪斯為了製作出這些超級機器人，到底用了多少勞力，只要從其戰鬥力就能稍微看得出來。

把他付出的勞力瞬間化為虛無，實在是太爽快了！

真教人欲罷不能～

光是想像波狄瑪斯愁眉苦臉的表情，我就覺得心滿意足。

而這種成就感的代價，就只是讓森林稍微消失一些，已經算是很便宜了。

……沒錯。

我射出那麼多顆隕石彈，想也知道森林會變成什麼樣子……

因為隕石是橫向發射，不會跟真正的隕石一樣撞擊地面，對地形造成的影響並不大，但隕石彈通過的地方還是會清楚留下破壞的痕跡。

破壞環境可不是什麼好事。

可是可是！這也怪不得我吧！

這是不得不付出的犧牲！

光是有一個高階龍種等級的傢伙，就能在戰鬥時造成周圍地形的改變了，要是有一千台實力超越高階龍種的超級機器人在戰鬥，不用說也知道會有什麼後果。

當這場戰爭結束時，就算這座妖精之森被夷為平地也不奇怪呢。

雖然這好像不是正在整地的我該說的話就是了。

我正在不斷發射隕石彈，增加這個地方的空地！

我原本還以為如果要對付這些超級機器人，自己可能也必須犧牲掉一些戰鬥分體，但那種想法已經是過去式了。

靠著在轉移後發射隕石彈突襲這招，我就能輕易地把敵人一擊必殺。

超級機器人的數量逐漸減少。

雖然想用一發隕石彈解決掉複數敵人也變得困難，但一發肯定能破壞掉一台超級機器人。

戰況可說是一帆風順！

只要繼續保持下去，我很快就能摧毀掉所有超級機器人……哎呀？

當我忙著玩弄超級機器人的時候，其他地方的戰況好像出現變化了。

出事地點就在吸血子和鬼兄那邊。

他們正和山田同學一行人對峙。

咦？

為什麼山田同學會那樣痛苦掙扎？

吸血子！

妳這傢伙到底幹了什麼好事！

王5　與同伴告別的王

『非常感謝大家的支持～！』

從電視機裡傳來熟悉的聲音。

出現在螢幕上的男偶像，是出身自這間孤兒院的其中一名嵌合體。

他的外表就跟普通人類一樣。

不，他一點都不普通。

他長得非常英俊。

以自己的英俊外表為武器，他成功踏進演藝圈。

一名女孩惡狠狠地看著電視機。

她跟那名當上偶像的男孩，在離別的時候吵架了。

男孩說他想去演藝圈闖闖看，女孩質問他是否打算捨棄這間孤兒院。

女孩的外表跟男孩相反，與人類相去甚遠。

也許是體內的龍族基因表現得較為明顯，讓她看起來像是有著人類體型的龍。

因為這樣的外表，她不可能進到人類社會生活，只能待在這間孤兒院裡面。

所以，她才會無法原諒那些離開孤兒院的同伴吧。

當時，不光是那個踏進演藝圈的男孩，其他孩子也都慢慢離開孤兒院了。

除了那個踏進演藝圈的男孩，其他孩子經常突然跑回來，感覺就像是大家外宿的日子變多了。

我們早就到了可以外宿的年齡。

可惜我早在好幾年前就停止成長，看起來比實際年齡還要幼小。

因為體質的緣故，讓我無法避免營養不良。

不過，不管身體會不會成長，對無法長時間離開輪椅的我來說，其實並不是很重要。

我有點羨慕可以正常成長的其他人，則是不能說的祕密。

除了我之外，其他人都變成符合年齡的成年人，其中那些外表與人類毫無分別，或是跟人類差不多的孩子，都變得會積極外出。

其中也有少數孩子，跟那個性火爆的二人組一樣，明明外表跟人類有著明顯的差別，也還是會跑到外面。

這些孩子共通的想法，就是不能一直讓孤兒院照顧自己。

為了可以慢慢養活自己，大家都開始自立自強。

還留在孤兒院裡的，都是跟我一樣無處可去的孩子。

我把目光從電視移回手邊。

我正在手帕上刺繡。

雖然我也無法外出，但還是想做些事情，才會開始刺繡。

這也是因為我只能做到這點事情。

可是，靠著刺繡與編織小玩偶，然後把作品拿去賣，我就能稍微賺到一些錢。

雖然我賺到的錢真的不多就是了。

眼看其他人都在試著自力更生，讓我有種彷彿被獨自丟下的寂寞感覺。

「我回來了。」

就在這時，一名用眼罩遮住雙眼的青年回到孤兒院。

「歡迎回來。」

「歡迎回來。」

「嗯。啊，那傢伙上電視了。」

聽到電視機傳出的聲音，似乎讓青年發現那個踏進演藝圈的男孩上電視了。

「他很努力呢。」

「這可難說。我聽說他有在陪睡喔。」

陪睡通常是女偶像在做的事情，但聽說男偶像也會出賣肉體，藉以換取工作機會。

這只是不可靠的傳聞，我也不曉得到底是不是真有其事。

「我想那傢伙應該也知道什麼事不該做吧。」

「希望如此。」

「■■■，妳說得太過分了。」

「愛麗兒，妳也站在那傢伙那邊嗎？」

「因為■■■■做那些事情也是為了我們。」

他透過藝能活動賺到的錢，絕大多數都捐給這間孤兒院了。

這是為了幫助像我這樣無法外出賺錢的孩子。

更進一步地說，是為了幫助這個正在批判他的女孩。

因為在旁人眼中，他們兩人都喜歡著對方。

「……我並不希望他去做那些事情。」

「……我覺得你們應該好好談談。」

而他們兩人之間出現誤會，把關係鬧僵了。

所以，我給了她這樣的建議。

「那也要他願意跟我聯絡。那傢伙甚至很少回來不是嗎？」

可是，固執己見的女孩不願意主動和解。

……直到最後，他們兩人還是沒有和好。

我一個人默默地刺繡。

這不是要賣的商品，而是要送人的禮物。

「我回來了。」

「歡迎回來。」

跟往常一樣，那名戴著眼罩的青年回來了。

當時我正在刺繡的手帕，正好是要送給這名青年的禮物。

他的眼睛看不見。

所以，如果我用普通的方法刺繡，他無法得知上面的圖案。

因此，我故意刺上特別凹凸不平的圖案，讓他可以透過觸感得知上面的圖案。

我刺在手帕上的圖案是花。

不只是他一個人。

我替孤兒院的所有人都做了手帕。

因為我想等到所有人的手帕都做好，再全部一起送出去，所以這時候還沒有把手帕交給任何人。

我希望大家能把我活過的證據帶在身上。

當成我留下的遺物。

我的身體狀況一直沒有好轉。

在剛得到孤兒院的保護時，因為環境有所改善，讓我的身體狀況有稍微變好。

可是，後來就一直只能保持原狀。

不管我多麼努力，不靠輪椅走路的距離都沒有變化。

反倒是隨著時間經過，我可以行走的距離變得越來越短。

我肯定活不久了。

我有這種感覺。

所以，為了讓大家都能記得我，我才想要送他們有形體的禮物。

「……有辦法完成嗎？」

「嗯，我想應該來得及吧。」

想要把刺繡的手帕送給大家這件事，我並沒有告訴任何人。

可是，這個戴著眼罩的青年是這間孤兒院的領袖，雖然眼睛看不見，卻一直很關心大家的情況。

所以，他應該也有隱約察覺到我想做的事情。

我當時的身體狀況還算穩定，但如果在季節變換時不小心得到感冒，沒人知道會有什麼後果。

我不知道自己什麼時候會突然死掉。

所以，我想要盡快完成這些手帕送給大家。

可是，我又不想要為了趕時間而偷工減料。

我要用心完成每一條手帕。
同時想著對方的事情。
把我的思念灌注在每一針裡面。
大家都開始自立自強，讓我有種自己被拋下的感覺。
可是，真正拋下大家的人，肯定是我。

我當時完成的手帕，總算是有成功送給每一個人。
可是，結果那個被拋下的人，果然還是我。

「莎麗兒在嗎？」
那一天，邱列來到孤兒院。
邱列經常來拜訪這間孤兒院。
在我看來，在孤兒院剛建好的時候，邱列對莎麗兒大人應該還沒有特別的感覺。
可是，在他們經常碰面的過程中，他變得越來越在意莎麗兒大人。
這是我觀察的結果。
他們之間並沒有發生什麼戲劇性的事情。
就只是日常生活中的一些小事不斷累積，在不知不覺間變成戀情。
我活在非常狹小的世界裡，有這種萌生戀情的方式，令我相當感動。

「莎麗兒大人出門了喔。」

「……是嗎？」

邱列顯然感到失望，把自己帶來的伴手禮交給我。

也許是顧慮到我，他帶來的點心大多都是柔軟的果凍。

如果他也能對莎麗兒大人如此體貼就好了，但這個男人總是在重要關頭變得沒出息，每次主動出擊都以失敗收場。

「……如果你這麼想見她，就應該在見面時誠實表現出那份喜悅。」

「……事情不是妳想的那樣。」

孤兒院裡的大家都有隱約察覺到邱列的心意。

「就是因為這樣，才無法傳達給莎麗兒大人啦。她都已經遲鈍到令人絕望的地步了……」

「……我說過了，事情不是妳想的那樣。」

我誇張地無奈嘆了口氣。

「嗯？妳在刺繡嗎？」

「嗯。」

也許是想要換個話題，邱列看向我手上的手帕，問了這個問題。

「我也幫你做一條吧？」

我很自然地如此提議。

對於無法離開孤兒院的我來說，經常跑來孤兒院的邱列，或許是跟我最親近的外人。

這讓我覺得留一條手帕給邱列或許也不錯。

「與其做給我，不如先做給莎麗兒。」

「我當然有做給她。」

我做的第一條手帕，就是要送給莎麗兒大人的。

「既然這樣，妳想做就做吧。」

邱列露出和善的笑容，輕輕拍了拍我的頭。

「不過，別太勉強自己喔。」

「……如果你對莎麗兒大人也能這樣溫柔就好了。」

「……我說過了，事情不是妳想的那樣。」

「我回來了。」

就在這時，莎麗兒大人正好回來了。

「莎……莎麗兒！」

「就是我。邱列，歡迎你來。」

「妳……妳聽到我們剛才的對話了嗎！」

「不。我不喜歡偷聽別人的對話。」

「這……這樣啊……」

邱列顯然鬆了口氣。

不過，就算聽到我們的對話，莎麗兒大人應該也不會明白邱列的心意吧……

「邱列，你今天來有什麼事嗎？」

「沒事。只是來看看妳們過得好不好。」

說完，邱列往我這邊看了過來。

為什麼要在這種時候看向我？

這樣不是會讓莎麗兒大人以為他是來探望我嗎？

明明只要誠實說出他是來見莎麗兒大人就行了……

看著邱列沒出息的樣子，就讓人非常煩躁。

不過，對身為沒有壽命概念的龍族與天使的邱列和莎麗兒大人來說，這種事可能完全沒必要著急吧。

後來我也變得長生不老，稍微可以理解他們的感受。

不過，有些事情在能做的時候不去做，之後還是會感到後悔。

即使到了現在，我還是覺得邱列應該更積極地追求莎麗兒大人。

雖然不曉得莎麗兒大人會不會回應他的感情，但不管結果會是如何，邱列肯定不會像現在這樣後悔。

因為邱列再也沒機會追求莎麗兒大人了。

……對了，結果我還是沒有做手帕給邱列。

因為想要先做給孤兒院裡的大家，讓我把這件事擺在後面。

而我是在最後關頭才勉強完成要送給大家的手帕。

……就在與莎麗兒大人道別的那一天。

後來系統便完成了，讓全世界都陷入混亂。

因為這個緣故，讓我完全忘記要做手帕送給邱列的事情。

……對了。

等到解決這件事情，有了空閒時間後，我就替邱列做條手帕吧。

這次我一定要做……

黑5　獨白　ＭＡ能源

那場吸血鬼化事件，讓佛圖也成了受害者。
同時也讓波狄瑪斯被全世界通緝。
不管那傢伙行事再怎麼謹慎，他行動的規模也還是太過龐大了。
就算是他也無法徹底隱瞞自己的行動。
可是，沒有因為這樣就變成只能逃亡的罪犯，正是他厲害的地方。
真是個難纏的男人。
在遭到通緝的同一時間，波狄瑪斯發表了某項研究成果。
那就是ＭＡ能源理論。
只要把禁忌這個技能提昇到等級十，應該就會得知ＭＡ能源這個詞彙。
除此之外，說不定在某些地方也有機會看到這個詞彙。
畢竟那正是這個世界的人類犯下的最大罪過。
即使時光飛逝，世人早已忘記當時發生的事情，也可能依然在某個地方被傳承下去。
畢竟神言教教皇——達斯汀，就是知道當時真相的其中一人。

就算他把相關情報暗藏在教義之中也不奇怪。

嗯？你說聽我這種說法，好像不是很清楚神言教的教義？

正是如此。

我不太了解神言教的教義。

我不太了解神言教的教義，是一件很奇怪的事情嗎？

真要說的話，這是因為我對那種事情不感興趣。

……覺得這個理由很過分嗎？

或許是吧。

不過，希望能站在我的角度想想看。

神言教是達斯汀為了拯救人族而創立的宗教。

如果把那些表面上的零碎教義全部拿掉，本質就是人族至上主義。

不惜犧牲魔族和我們這些神，也要讓人族繼續存活。

這就是核心思想。

如果是要犧牲我就算了，像那種不惜犧牲莎麗兒也要拯救人族的教義，我為何要感興趣？

我很清楚達斯汀發明那種教義的理由。

也很明白那象徵著他的覺悟。

所以，我無意指責達斯汀。

但是，我個人不喜歡那種教義，應該是我的自由吧？

雖然這樣可能比較沒度量，但我無論如何都不想與之靠攏。

我自認是個立場中立的管理者。

就神言教與波狄瑪斯為敵這點來說，我甚至想要支持他們。

回到原本的話題吧。

就是關於波狄瑪斯的事情。

那傢伙發表的ＭＡ能源理論，為當時的世界投下一顆震撼彈。

話說回來，我聽說轉生者們所在的世界，也是透過物理手段收集能源。

我說的物理手段，就是與魔術無關，而是利用石油或陽光這些自然產物的手段。

這個世界當時也差不多就是那樣，人們生活所需的能源，都是透過這種物理手段取得。

即使有我們龍族與莎麗兒存在，這點也跟轉生者們所在的世界毫無分別。

而ＭＡ能源理論在當時掀起了一場風波。

說到這裡，大家應該都能稍微猜到，那種ＭＡ能源是什麼樣的東西了吧？

沒錯，所謂的ＭＡ能源，就是透過魔術手段收集而來的能源。

對過去都是透過物理手段取得能源的人類來說，波狄瑪斯發表的ＭＡ能源建構理論，簡直像是一種能夠無中生有的魔法吧。

事實上，世人就是這樣評論ＭＡ能源的。

一種能夠無中生有的夢幻能源。

不會造成環境問題，而且取之不盡的夢幻能源。

……真是太愚蠢了。

那種能源根本就不可能存在。

只要有消耗，就必定會損失。

不管是物理還是魔術，這都是不變的真理。

人類不明白這個道理。

不，有些人明白這個道理。

達斯汀就是其中之一。

可是，絕大多數的人都只相信自己想要相信的事情。

更別說是走投無路的人了。

率先接受ＭＡ能源的，都是那些走投無路的人。

也就是那些貧民，或許該說是窮國才對。

國家之間也有貧富差距。

ＭＡ能源讓那些窮國看到了夢想。

在波狄瑪斯發表的ＭＡ能源理論中，只記載了取得ＭＡ能源的方法。

雖然在他剛發表ＭＡ理論時，大家對此都還半信半疑，但那些走投無路的窮國，最後還是試

用了那種方法。

在轉生者們所在的世界，這好像就叫做「死馬當活馬醫」吧。

事實上，這個方法讓那些國家成功得到了短暫的振興。

因為純粹就一種能源來看，ＭＡ能源確實很優秀。

利用ＭＡ能源解決能源問題的國家，都得到了急速的發展。

雖然這些國家跟對此感到不滿的石油生產國之間有發生衝突，但那不是現在該提的事情，所以我就不說了。

就這樣，在這些窮國透過ＭＡ能源不斷發展的過程中，接著換成那些開發中國家開始使用ＭＡ能源。

大概是因為那些國家都害怕落後別人吧。

於是，使用ＭＡ能源的國家變得越來越多了。

但也不是所有國家都這麼做。

因為發表ＭＡ能源理論的人是遭到通緝的波狄瑪斯，也因為ＭＡ能源本身有著太多未知之處，再加上前面提到的石油生產國不願見到ＭＡ能源發展這些理由，讓某些國家對ＭＡ能源抱持著否定的態度。

而由達斯汀擔任總統的國家也是其中之一。

畢竟那傢伙領導的國家是個大國。

一旦那種大國表現出否定的態度，就會讓某些國家感到畏縮。

可是，時勢這種東西很難阻止。

隨著時間經過，人們變得越來越肯定使用ＭＡ能源這件事。

因為ＭＡ能源有著解決能源問題這個顯著的成果。

不光是這樣，在發表ＭＡ能源理論的同時，波狄瑪斯發表的另一項研究成果，也造成了很大的影響。

那就是ＭＡ能源進化論。

利用ＭＡ能源讓人類進化的理論。

這是波狄瑪斯進行把人類變成吸血鬼的研究時，在途中取得的成果。

可是，就算這對那傢伙來說只是途中的成果，對世人來說也依然是無法忽視的技術。

透過消耗大量的ＭＡ能源，就能讓人站上全新的舞台。

這主要會造成兩種變化。

一種是身體機能得到提昇，另一種是壽命得到延長。

其中又以延長壽命最受人矚目。

因為使用這種技術需要耗費大量的ＭＡ能源，所以主要的使用者都是富人。

壽命正是那些富人求之不得的東西。

遺憾的是，這種技術無法讓人不老不死，但只要願意花錢，就能延長壽命。

可以想見這種技術會大受歡迎。

由於這些富人需要ＭＡ能源，讓許多先進國家也都不再禁用ＭＡ能源。

實際被這種技術改造過的人類，在總人口中並不算很多。

不過，這是以當時的人口來說。

畢竟這種技術需要消耗的ＭＡ能源太多了。

雖然ＭＡ能源在人類眼中像是取之不盡的東西，但也沒辦法一口氣就收集到許多。

世界上的絕大多數國家，都只靠ＭＡ能源就能滿足國內的需要。

即使如此，收集的速度也還是不夠快。由此便可得知，讓人類進化需要用掉多麼巨大的ＭＡ能源。

就是因為這樣，達斯汀才會無法原諒那些傢伙吧。

明明大家都是人類，卻還是刻意把他們跟人族區分開來，當成是人族的敵人看待。

而接受過那種進化技術改造的人類後代，就是現在的魔族。

那些人消耗了大量的ＭＡ能源，讓這個世界提早崩壞。

他們過去都是富人，也就是所謂的特權階級。

想到現代的魔族是瀕臨滅亡的種族，就讓人有種難以言喻的心情。

這應該就是他們的報應吧。

以上就是魔族的由來，而這股從窮國開始的ＭＡ能源浪潮，最後也擴展到發展中國家與先進國家。

堅持反對ＭＡ能源的國家只是少數。

頂多只有達斯汀領導的國家吧。

但是，雖然不是國家，還是有一群人堅持反對ＭＡ能源。

那就是我們龍族與莎麗兒。

ＭＡ能源是透過魔術手段收集而來。

既然如此，那擅長魔術的我們，當然不可能沒發現其真面目。

正因如此，我們才會提出警告。

要人們別使用ＭＡ能源。

至於我們的警告有沒有收到成效，現狀已經說明了一切。

沒錯，人類並沒有把我們的警告聽進去。

因為他們不夠畏懼我們龍族。

以前，我們曾經只用一天一夜就滅掉一個國家。

當時有個國家不知吃錯了什麼藥，把新型炸彈丟到我們龍族的住處。

我們當然不會因為那種程度的攻擊就被消滅。

為了報復，我們消滅了那個國家。

但那種重要事件也只是被記載在歷史教科書上，還實際記得當時事情的人類，早就差不多都死光了。

一旦世代交替，當時感受到的恐懼就會變得稀薄。

即使那對我們龍族來說還只是不久前的事情，但對人類來說已經是遙遠的過去了。

可是，因為對莎麗兒有所顧慮，讓我們只敢在那次事件中對人類進行大規模的干涉，或許反倒是個過錯。

人們可能因此懷著樂觀的想法，以為只是無視那些忠告，龍族也不會太過生氣。

衡量過龍族的威脅與ＭＡ能源帶來的恩惠後，他們選擇了ＭＡ能源。

我們龍族的忠告就是因為這樣遭到無視，而莎麗兒當時也處在困境之中。

不是因為別人，正是沙利艾拉協會內部對她有所質疑。

對醫療從業者來說，能源問題是不容忽視的問題。

一旦沒有能源，最新型的醫療機器就無法運作。

此外，以ＭＡ能源進化論為基礎，透過使用ＭＡ能源來克服不治之症的研究，在當時也很盛行。

沒錯，對醫療從業者來說，ＭＡ能源就是希望之星。

此外，我在前面已經說過，ＭＡ能源拯救了窮人。

一直致力於幫助窮人的沙利艾拉協會，絕對不可能贊成放棄使用ＭＡ能源這種事。

如果佛圖還健在的話，或許他有辦法解決這種可說是內部分裂的問題，但那傢伙因為變成吸血鬼而遭到隔離了。

此外，佛圖的支援讓沙利艾拉協會變得太過龐大，也是原因之一。

即使是身為會長的莎麗兒，也沒辦法擅自決定組織的方針。

莎麗兒因為這些理由遭到協會內部的反彈，不得不退出歷史表面的舞台。

她當時正在照顧波狄瑪斯做人體實驗的被害者，所以就改為專心經營孤兒院了。

我也不確定這是好事還是壞事……

因為包含愛麗兒在內，出身自那間孤兒院的孩子們，對後世造成了許多巨大的影響。

想到如果莎麗兒沒有跟他們扯上關係，事情可能就不會變成現在這樣，我就無法判斷這是好事還是壞事。

莎麗兒的主張就這樣在沙利艾拉協會內部被封殺掉了。

可是，不管是我們龍族還是莎麗兒，都沒有因為人類聽不進我們的忠告，就默許人類做這些事情。

我們都知道一件事。

那就是如果人類聽不進這些忠告，不久後就會發生嚴重的災難。

因為ＭＡ能源就是星球的生命力，而人類正在榨取這種能源。

星球也是有生命力的。

我們這些神就是靠著吸收星球排放出的多餘能源維生。

這種關係或許就類似於排放氧氣的植物與排放二氧化碳的動物。
可是，人類拿走的ＭＡ能源可不是這麼回事。
那不是星球排放出的多餘能源，而是把星球維生所需要的能源，用強硬的手段榨取出來。
如果做出那種事情，可以想見星球未來將會變得虛弱，最後走向崩壞。
為了阻止那種事情發生，龍族與莎麗兒才會向人類提出警告。
當然，我們並沒有隱瞞理由，坦白說出了一切。
……但我要再說一次，人類這種生物只相信自己想要相信的事情。
面對自己不想相信的事情，則會替自己找些理由不去相信。
真是愚蠢。
實在是太愚蠢了。
因為那種愚蠢而必須付出的代價，應該遠遠超出人類的想像吧。
畢竟人類連我們龍族的可怕之處都能遺忘……
他們為何可以樂觀地認為龍族不會暴怒……
我現在依然可以清楚想起那一幕。
長老把龍族的所有人都找了過去。
然後如此宣布。

「我們要淘汰掉人類。」

那一天，龍族向人類露出了獠牙。

Güliedistodiez

邱列

本名是邱列迪斯提耶斯。他是真正的龍族。因為生來就是優越種族，讓他看不起人類這種下等生物。然而，自從認識莎麗兒和佛圖後，他就對人類改觀了。剛開始的時候，他並不喜歡莎麗兒，最後卻在不知不覺中喜歡上這個在意的對象。可是，因為放不下無謂的自尊心，讓他不敢展開攻勢，也讓孤兒院的孩子們說他是個窩囊廢。當龍族與人類因為MA能源展開鬥爭時，他在最後選擇脫離龍族，成為一名流浪龍族。

間章　波狄瑪斯和ＭＡ能源的普及

可惡，我被通緝了。

不過，我成功讓ＭＡ能源變得普及。

進化論也成功普及了。

雖然我沒抱持太大的期待，但或許有人可以活用這些論文，拿出比我更好的研究成果。

沒必要非得由我自己來找出令人永生不死的方法不可。

那是最確實也最可靠的做法，但就算被別人搶先一步，只要真的成功了，也是件值得開心的事情。

我的研究遇到瓶頸了。

就跟我在進化論中發表的一樣，我成功延長壽命了。

其實我還找到了另一種能讓人活得更久的方法。

為圖方便，我稱為妖精的種族——我讓自己進化成那個種族。

但也只能延長壽命。

並非永生不死。

雖然還需要進一步研究，但那需要用掉非常多的ＭＡ能源。

我個人可以收集到的ＭＡ能源有限。

所以才要推廣這種能源。

一旦ＭＡ能源的真相被人發現，龍族應該不會默不吭聲，但那不關我的事。

不管使用ＭＡ能源會讓這顆星球變得如何，我也無所謂。

畢竟研究總是伴隨著犧牲。

只要我的研究能在星球滅亡前完成就行了。

在星球滅亡之前，我的研究也可能還沒完成。

到時候我只需要捨棄這個即將滅亡的星球，踏上星際旅程就行了。

我不需要待在無法做研究的地方。

像這種連讓一個人永生都做不到的星球，我一點都不稀罕。

我已經做好飛向宇宙的準備工作了。

反正早在開始使用ＭＡ能源的時候，這個星球就註定會毀滅了。

我只要盡量榨取ＭＡ能源，拿去做研究就行了。

就讓其他人去吸收龍族的怒火吧。

反正他們都會在星球滅亡時滅絕。

就讓他們為我而死吧。

6 決戰　邂逅

因為有些在意山田同學他們那邊的戰況，我準備趕過去看看。

在那之前，我叫出四隻戰鬥分體，讓人偶蜘蛛四姊妹騎上去。

這樣就算發生什麼意外，她們也能靠著戰鬥分體的轉移術逃跑。

不過，讓有六隻手的幼女騎在戰鬥分體，也就是身長將近一公尺的蜘蛛上……

這就是所謂的噁心可愛吧！

人偶蜘蛛四姊妹騎著戰鬥分體，英姿颯爽地衝了出去。

總覺得她們看起來很興奮，肯定是我的錯覺。嗯。

這樣我就沒有後顧之憂，該去找山田同學了。

轉移術發動！

實際趕到現場一看，我卻搞不懂這種混亂的狀況是怎麼回事。

首先，山田同學抱著頭倒在地上。

他好像沒有失去意識，但那種痛苦的模樣並不尋常。

山田同學身旁不知為何還躺著一名半妖精。

呃……我記得她好像叫做安娜對吧？
而大島同學就陪伴在山田同學旁邊。
哈林斯和漆原同學像是要保護山田同學一樣，挺身擋在我前面。
老師就站在他們兩人身後。
田川同學和櫛谷同學也倒在地上。
這兩人已經完全失去意識了。
這種情況已經夠混亂了，夏目同學還惡狠狠地瞪著吸血子，吸血子也毫不掩飾自己的殺氣，用可怕的表情瞪著夏目同學。
鬼兄似乎對吸血子和夏目同學那邊不感興趣，一臉困惑地看著山田同學。
喂。
這到底是什麼情況？
拜託來個人替我說明一下！
雖然我這麼想，但事態已經嚴重到沒有那種時間的地步了。
逼不得已，我決定出面擺平馬上就要出事的吸血子和夏目同學。
雖然說是出面擺平，但我其實是轉移到夏目同學背後……
為了不讓夏目同學發現，我悄悄伸出手。
然後一把抓住他的腦袋。

……你問我既然已經悄悄伸出手，為什麼不做得優雅一點？

因為我沒那種時間！

我直接對寄生在夏目同學腦袋裡的分體下達指示，奪走夏目同學的意識。

還順便回收寄生在裡面的分體。

畢竟必須由夏目同學去做的任務，差不多都已經完成了啊。

再來就讓他自由行動吧。

至於那會造成什麼結果，也得由他自己去承擔。

雖然我們把他利用到這種地步，最後卻放他自生自滅，可能有些不負責任，但他在被我們利用之前，就已經做了許多壞事嘛～

就把這當成是自己受到的報應吧！

確認分體從夏目同學的耳朵裡爬出來後，我立刻將其回收。

在此同時，夏目同學昏倒在地上。

「主人，可以請妳別礙事嗎？」

就在這時，吸血子毫不隱瞞自己的不悅，對我如此說道。

可是，如果我沒有插手的話，妳早就殺掉夏目同學了吧？

我不曉得發生了什麼事，但一時衝動就殺人可不是好事。

妳應該多攝取一些鈣質才對。

……對了，我記得有一段時期，人偶蜘蛛四姊妹好像經常餵吸血子吃骨頭。

難不成她這麼容易生氣，是因為骨頭吃得不夠多嗎？

明明是個吸血鬼卻吃骨頭，到底是怎麼回事？

「怎麼會……為什麼？」

喔。

當我想著那種無關緊要的事情時，老師對我說話了。

不，與其說是對我說話，不如說是自言自語被我聽到。

「老師，好久不見。」

我決定先打聲招呼再說。

吸血子和鬼兄被我的反應嚇到，一直盯著我看。

我……我也是會打招呼的啊！

雖然這是因為對方是老師就是了！

「若葉同學……」

山田同學一邊發出呻吟一邊看向我，說出了那個名字。

同時像是斷線的人偶一樣失去意識。

他好像沒有死，但看他剛才那種樣子，也不能太過掉以輕心。

我得先確認一下他的狀況，替他治療才行。

懷著這樣的想法，我往前踏出一步，但有人擋住我的去路。

大島同學露出不顧一切的表情，用斷掉的劍指著我，挺身保護倒地不起的山田同學。

嗯嗯。

我想要幫助山田同學，但她一副死也不讓我過去的樣子，讓我不知道該如何是好。真傷腦筋。

我轉頭偷看大島同學身旁的哈林斯，要他想辦法處理一下，但那傢伙居然不理我。

不光是這樣，他甚至還跟大島同學站在一起，不讓我過去。

這是代表他在這裡不是邱列邱列，而是哈林斯的意思嗎？

嗯，嗯嗯。

既然邱列邱列擺出這種態度，就代表山田同學的情況不是很危急對吧？

那我就不需要緊張了。

總之，還是先把造成這場混亂的元凶擺平吧。

「為什麼？總覺得妳身上散發出非常危險的氣息，這是我的錯覺嗎？」

不，這不是妳的錯覺喔。吸血子小姐。

反正一定是妳做了多餘的事情對吧！

說，給我從實招來！

妳幹了什麼好事！

「別露出那麼生氣的表情嘛。我什麼都沒做喔。主人，我覺得每次出事就認定是我有錯是不對的。」

妳說謊！

「妳是若葉同學……對吧？這到底是怎麼回事！妳對俊做了什麼！」

雖然大島同學大聲這麼問，但我正在質問對山田同學動了手腳的嫌犯，只能請她稍安勿躁。

「白小姐，我們真的什麼都沒做。」

正當我準備抓住吸血子的後頸，逼她從實招來的時候，鬼兄竟然跳出來替她辯護了！

「俊對躺在那邊的半妖精做了某種事情，然後就突然痛苦掙扎。按照狀況來判斷，俊應該是用了某種技能，結果出現副作用才對吧？」

聽到鬼兄冷靜的分析，吸血子也跟著不斷點頭。

「如果要追究是誰讓他變成這樣，那也不是蘇菲亞，不如說是我的責任才對。」

鬼兄一臉愧疚地這麼說。

咦？難道犯人不是這個一臉得意地不斷點頭的傢伙嗎？

「我砍了那個半妖精，而俊立刻替她治療，下一瞬間就開始痛苦掙扎。這就是我所看到的一切。」

鬼兄簡單明瞭地說明狀況。

嗯，真的是簡單明瞭。

嗯？在治療半妖精後，他就開始痛苦掙扎？

「順帶一提，如果我沒有看錯，那個半妖精應該已經沒救了。因為不管怎麼看，她受到的都是致命傷。就算傻的魔法能力再怎麼優秀，也不可能在那種時間點成功救活她。」

嗯嗯？

奇怪？也就是說，那個在山田同學身旁昏倒的半妖精，早就已經死掉了嗎？

可是，她還能正常呼吸，就只是昏倒過去而已不是嗎？

也就是說，山田同學是使用慈悲這個技能，讓她重新復活對吧？

「傻當時做的事情，應該是死者復活吧？發動那種能力不可能毫無代價吧？雖然我不知道那是什麼樣的代價，但可以理解他為何會那麼痛苦。叶多，我希望妳別把這件事怪罪到我們身上。」

鬼兄不屑地對依然勇敢舉著斷劍的大島同學這麼說。

即使她的眼神有些混亂，卻還存在著試圖釐清狀況的理智之光。

她似乎在拚命思考突破困境的方法。

可是，我可沒有在意那種事情的閒工夫。

身上冷汗直流。

山田同學會倒在地上，就某種意義上來說應該是我害的不是嗎？

因為他在使用慈悲後倒下，絕對是因為禁忌封頂了吧？

使用慈悲的代價，就是禁忌會提昇等級。
如果只有這樣，那也不會讓人感到痛苦。
只要沒把禁忌練到封頂就不會。
我也體驗過一次，直到現在都還忘不了那種糟糕的感覺。
嗯。
他會昏倒也很正常呢。
而在我們之中，有個曾經故意把屍體擺在山田同學面前，逼他提昇禁忌等級的犯人。
那個人就是我！
沒錯，山田同學會把禁忌練到封頂，都是我害的！
雖然最後一擊是由鬼兄下手，但前置作業是我做的也是不爭的事實。
糟糕～我沒資格責備吸血子了～
「話說回來，叶多，俊只不過是昏倒而已，妳是不是太激動了？」
正當我還在煩惱該如何隱瞞這個事實時，鬼兄剛好替我轉移話題。
「俊還活著，他還沒死。而這裡是戰場。就算戰死也不奇怪。然而，為什麼他只是昏倒，就讓妳慌成那樣？妳該不會沒做好必死的覺悟，也沒做好失去的覺悟，就站在這個地方吧？」
鬼兄身上散發出強烈的壓迫感。
也許是被那股壓迫感震攝到，在不遠處打鬥的帝國軍與妖精軍都停住不動了。

而正面面對那股壓迫感的大島同學，則是全身冷汗直流，身體抖個不停。

她像是被人從頭上潑了一桶水，身上冒出驚人的汗水。

身體也抖個不停。

甚至讓人佩服她居然還站得住腳。

「如果妳真的連那種覺悟都沒有就站在這裡，那我會很失望。你們不知道真相，也沒做好覺悟，卻以為自己是正義的一方，就跑來這種地方嗎？那已經不只是滑稽，甚至讓人感到生氣了。想到過去的朋友居然是這種蠢貨，就讓我覺得非常不愉快。」

鬼兄難得毫不隱瞞自己的厭惡痛罵別人。

雖然他用壓迫感來掩飾，但那股怒火還是有種虛偽的感覺。

因為對方是自己過去的朋友，或許讓他感觸良多吧。

至於大島同學那邊，則是因為面對鬼兄散發出的壓迫感，快要失去意識了。

「叶多，這是我最初也是最後的警告。放下武器投降吧。如果妳不聽從，就算是過去的好友，我也會照砍不誤。這就是所謂的覺悟。」

明明完全不打算那麼做，鬼兄還是散發出強烈的壓迫感如此宣言。

這句話成了致命一擊。

大島同學雙腿一軟，當場癱坐在地上。

她已經徹底理解敵我雙方的戰力差距，在理性屈服之前，本能就先屈服了。

這也沒辦法啊～

大島同學現在體會到的絕望感，就跟我以前初次遇到亞拉巴時差不多吧？

光憑感覺就能知道自己絕對打不贏。

因為雙方的實力差距就是如此巨大。

大島同學失去鬥志棄械投降。

山田同學、半妖精、田川同學和櫛谷同學都昏倒了。

剩下的只有老師與漆原同學，再加上一個哈林斯。

『若葉，妳不是死掉了嗎？』

其中漆原同學用念話對我如此問道。

老師好像以為我死掉了。

D曾經說過，她送給老師可以得知轉生者現況的專屬技能，而若葉姬色在那上面顯示的結果，似乎處於死亡狀態。

我想八成是因為我在神化後就被系統除外了吧……

換句話說，可能是因為系統找不到我這個人，就顯示這個人已經死亡了。

不過，因為真正的若葉姬色，也就是D根本沒有轉生到這個世界，而且我這個替身也沒有死，所以老師手中的情報應該有著不少錯誤。

老師的眼睛看著什麼都沒有的地方，我猜她現在應該正打開那個專屬技能進行確認吧。

「……妳真的是若葉同學嗎？」

「是的。」

雖然我其實不是，但這件事情很難解釋，而且就連魔王都不知道D和我的關係。

現在還是這樣回答，省去不必要的麻煩吧。

「可是……」

「憑老師的技能，沒辦法看到現在的我。」

「咦！」

老師看起來非常驚訝。

然後看到我正常與人交談的模樣，吸血子和鬼兄也一副非常驚訝的樣子。

只……只要我願意努力，還是有辦法跟別人正常交談好嗎！

唔？

「我很想好好敘舊，順便把事情說明清楚，但大家現在都還有事要忙。我們改天再來談談吧。」

雖然有些強硬，但我決定先聊到這裡就好。

我可不是因為覺得說話很辛苦。

只是其他地方又出了點問題。

那是我非得趕去處理不可的事情。

所以這裡就交給吸血子……不，交給她我不放心，還是交給鬼兄處理吧。
「命令帝國軍與魔族軍撤退吧。」
「撤退？」
我向鬼兄下達撤退的指示。
「那妖精怎麼辦？」
「先撤退再說。」
如果情況允許，我很想把妖精全部殲滅，但現在的情況並不允許。
此外，山田同學一行人這邊就交給哈林斯照顧了。
我只在一瞬間睜開眼睛，給了哈林斯一個眼神。
如果這樣他就能明白我的意思就好了……
希望他能設法說服老師和漆原同學，帶著他們離開這裡。
畢竟我可沒有自信，接下來不會把這一帶也捲入戰火。
「……我明白了。白小姐，請妳也務必要小心。」
「等一下，我還可以繼續打耶。」
雖然吸血子對此有點意見，但可惜就算是她，接下來這一戰也不好打。
如果只是一台超級機器人的話，她應該還有辦法解決，但對方派出了更強大的敵人。
我沒時間說服吸血子，決定把她交給鬼兄去處理。

於是，我發動轉移術。

在完成轉移的下一瞬間，我感受到空氣的振動。

那是在妖精之里各地上演的戰鬥之中，最為激烈的一場戰鬥所引起的衝擊波，讓空氣振動後的結果。

其中一方是率領著蜘蛛怪軍團的世界最強級魔物——女王蜘蛛怪。

另一方則是妖精的最終兵器。

沒錯，妖精終於派出最終兵器了。

那是我剛才對付過的超級機器人完全比不上的強大兵器。

雖然超級機器人也擁有超越高階龍種的戰鬥能力，但我一眼就能看出那傢伙比超級機器人更強。

轉移後的我，看到了被敵人蹂躪的蜘蛛怪軍團。

不管是跟過去的我一樣的小型蜘蛛，還是成長後的大型蜘蛛，還是又進一步成長的超大型蜘蛛，全都毫無反擊之力，只能任由敵人蹂躪。

其中甚至包含那隻女王。

那傢伙就浮在空中。

如果用一句話來形容，那傢伙就像是個海膽。

那是直徑大約有十公尺的巨大球體。

球體上伸出無數根尖刺。
沒錯，就是海膽。
金屬製的巨大海膽。
那個海膽的外表讓人不知道該做何反應，但其性能非常可怕。
從它全身伸出的那些尖刺全都是砲管，不斷朝向地面進行地毯式轟炸。
根本無處可逃。
砲彈從海膽漂浮的上空傾洩而下，把地面變成一片焦土。
森林都被炸飛了。
裡面的蜘蛛怪軍團也被一起炸飛。
就連女王都無法逃離那種轟炸，身上不斷受創。
女王的身體太過巨大，完全變成轟炸的標靶。
照理來說，女王應該有辦法靠著驚人的速度躲開敵人的攻擊，但面對那種無處可逃的廣範圍砲擊，還是沒辦法躲開。
可是，該說女王不愧是女王。
身為女王的驕傲，讓牠在承受著猛烈砲火的同時，在嘴巴裡凝聚黑色光線這種自相矛盾的能量。
那是吐息。

身為最強魔物的女王，使出全力施展吐息攻擊。

超級粗的黑色光線襲向漂浮在空中的海膽。

那道光線把海膽射出的砲彈全部轟散，就連其本體也一併轟散，最後直達宇宙。

我彷彿看到了這樣的幻影。

因為那道光線的力量就是如此強大。

女王使出渾身解數的一擊，具有直接命中就能轟掉整座山，甚至足以改變地形的威力。

完全足以把直徑只有十公尺左右的金屬塊徹底消滅。

然而，海膽依然健在。

吐息直接命中了。

對方甚至沒有閃躲。

彷彿在說連閃躲都不需要一樣。

覆蓋在海膽周圍的結界，把女王的吐息消除掉了。

是消除。

不是擋住。

那道結界把女王的吐息消除掉了。

彷彿那種東西從一開始就不存在一樣。

那是超級機器人身上也有裝備的抗魔術結界。

而那道結界的輸出，遠遠強過超級機器人的結界。

如果是女王的吐息攻擊，應該可以貫穿超級機器人的結界。

就算沒辦法一擊擊敗超級機器人，也能造成一些傷害才對。

而海膽完全沒受到傷害。

面對連吐息都無效的海膽，女王根本無力對抗。

遠距離攻擊都會被海膽的結界擋下。

再來就只剩下純粹的物理攻擊管用了，但毫不間斷打在身上的砲火，不允許牠這麼做。

雖然女王想要靠著空間機動逃到空中，但牠還來不及踏出第一步，就被砲彈釘在地面上了。

每當被砲彈擊中，女王的身體就會被削去一塊，根本還來不及再生，下一顆砲彈就又打過來了。

跟老媽同種的女王，居然被打得毫無反擊之力。

那傢伙竟開發出這麼可怕的兵器。

只靠一台那種兵器，應該就足以征服全世界了吧？

雖然還得考慮到砲彈存量與能量補給這些問題就是了。

話說回來，這傢伙的砲彈好像根本射不完一樣。

機體內部肯定有進行空間擴充處理，把砲彈存放在異空間裡面吧。

若非如此就說不過去了。

啊，現在可不是慢慢觀察的時候。

再這樣下去，女王會被幹掉的。

我得在女王倒下前出手幫忙，擊墜那台可惡的海膽！

好，隕石彈發射！

我發射的隕石彈直接擊中海膽！

撼動……不，是幾乎要衝破鼓膜的巨響，化為衝擊波向我襲來。

咕哇啊啊啊！我的耳朵～～！

這是怎麼回事！

剛才那聲巨響，比打到超級機器人時還要響亮多了！

我馬上就知道這個問題的答案了。

海膽依然健在。

不會吧？

被隕石彈打到，竟然還能平安無事……

剛才那聲巨響，其實就是隕石彈被海膽擋下所發出的聲音。

因為那個海膽的結界有兩層。

隕石彈不是只憑物理防禦力就能擋下的攻擊。

也就是說，那道結界應該有著針對物理攻擊的防禦力。

我猜那個海膽應該是在外層展開抗魔術結界，在內層展開物理防禦結界。

因為如果反過來的話，抗魔術結界就會把物理防禦結界抵銷掉。

魔術攻擊就靠著抗魔術結界抵擋，物理攻擊就靠著物理防禦結界抵擋。

到底要耗費多少能量，才有辦法運用這種兵器啊……

臭波狄瑪斯，竟然為了這種東西，浪費這個世界寶貴的能源！

我知道就算向波狄瑪斯抱怨也無濟於事，但還是想要一吐怨氣！

嗚……

不過，這下子我該怎麼辦才好？

我沒有能貫穿雙重結界的手段。

不，我並不是辦不到喔。

只是使出那一招，會讓我不得不消耗掉大量能量。

老實說，那樣實在是很浪費。

所以，我決定採取其他做法。

其實我不是很想用這招。

但我別無選擇了。

在拿出隕石彈的時候，我才剛學到不能搞錯出牌時機的道理。

要是在這時吝於使出王牌，讓這個海膽恣意妄為，才是更糟糕的選擇。

那我就在這裡打出一張王牌吧！

我睜開眼睛。

將力量集中到眼睛。

把海膽收進眼底。

然後發動暴食的邪眼！

這是我在成神後開發的新邪眼。

能力跟魔王的「暴食」很像。

正因如此，我才會將之命名為「暴食的邪眼」。

其能力便是奪取別人的能源。

這種邪眼可以把視野中的所有魔術都分解成能源，並且加以吸收。

海膽所裝備的抗魔術結界，嚴格說來也算是一種魔術。

妨礙並消除魔術的魔術。

那就是抗魔術結界的真面目。

如果是這樣的話，那我只需要開發出能消除「消除魔術的魔術」的魔術就行了。

而我看上了魔王的七大罪技能「暴食」。

暴食的能力是可以把所有東西都轉換成能源吃掉。

搞懂原理後，我把轉換成能源的對象鎖定為魔術進行改造，就成了這招「暴食的邪眼」。

這是我為了對付邱列邱列而開發出來的一張王牌。

就是因為這樣，我不是很想讓邱列邱列看到這招。

不過，這招不愧是為了對付真正的神而開發出來的招式，暴食的邪眼有著非常強大的效果。

引以為豪的抗魔術結界被我用暴食的邪眼吃掉，就連內側的物理防禦結界也被吃掉，甚至連用來漂浮的魔術都被吃掉後，海膽就往地面墜落了。

女王早就在那裡等著了。

雖然海膽也發射砲彈抵抗，但摔落在地上又失去結界的它根本毫無勝算。

女王用巨大的牙齒貫穿鋼鐵海膽，把它慢慢變成一團廢鐵。

贏了。

我才剛這麼想，海膽就爆炸了。

女王直接在近距離被炸到。

牠的上半身被炸得粉碎，剩下的下半身無力地倒在地上。

可惡！

居然在最後的最後使出自爆這招。

不過，雖然以女王為首的蜘蛛怪軍團全滅算是損失慘重，但反過來說就是我們只付出這點代價，就成功破壞掉妖精的最終兵器了。

我也只能把這當成是必要的代價了。

我才剛這麼想，視野中就出現漂浮在空中的海膽。

而且數量多得數不清。

……………………咦？

奇怪？

嗯？

嗯嗯？

嗯嗯嗯嗯嗯嗯嗯嗯？

給我等一下！

等一下等一下！

不會吧！

原來海膽不是只有那一台嗎！

話說回來，數量太多了吧？

我只是隨便掃視一圈，就在天上看到上百台海膽了耶。

而且在那些海膽的中央，還有某種比海膽更巨大，像是金字塔的東西飛在天上。

難不成那種海膽根本不是什麼最終兵器，就只是量產型兵器？

而那座位在敵軍中央的金字塔，才是真正的最終兵器？

不管是機器人那時候也好，還是超級機器人那時候也好……

怎麼又是這種模式啊！
真是太可惡了！

間章　老爺子與詭異的幼女們

「廢物！廢物！」

……我為什麼會被騎著蜘蛛的六隻手小孩辱罵？

我要冷靜。

從頭想想事情為何會變成這樣吧。

我的名字是羅南特。

出身於……啊，從那裡開始回顧，好像有點太遙遠了。

我會來到這座妖精之森，是因為由古王子的命令。

我好歹是帝國的首席宮廷魔法師，在立場上無法違抗身為帝國嫡子的由古王子。

我一點都不想來到這種鬼地方……

這也理所當然。

跟魔族的戰爭還沒結束，就突然向妖精宣戰，並且展開進攻，實在是太過反常了。

其中肯定有著某種陰謀。

可是，就算知道這件事，憑我個人的力量，能做的事情也很有限。

即使被譽為人族最強的魔法師，也還是有許多辦不到的事情。

所以，我才只能聽從命令，投身於這場與妖精之間的戰爭……

途中都還算是一帆風順。

我沒跟由古王子一起行動，而是負責率領其他部隊，從其他路線進軍。

我利用這點故意假裝謹慎，拖延進軍的速度。

因為我覺得為了這種莫名其妙的戰爭賭命，實在是太愚蠢了。

然而，既然遇到敵人，那就不得不放手一戰，而且我也想跟妖精交手一次看看。

據說妖精很擅長魔法。

我也被譽為人族最強的魔法師，經常被人拿來跟妖精比較。

妖精族最強的魔法師和我，到底是誰比較優秀？

不巧的是，我不知道誰是妖精族最強的魔法師，而妖精也很少公開展示其魔法實力，讓人無從比較。

我的魔法實力對妖精管用到什麼地步？

我確實對這個問題很感興趣。

……想不到結果居然是我得到壓倒性勝利。

說什麼妖精很擅長魔法。

他們根本無法應付我的魔法狙擊嘛！

如果他們只有這種程度的話，我的徒弟們還比較優秀。

靠不住的傳聞令我感到失望，把怒火發洩在妖精們身上，但這也造成了惡果。

當我回過神時，已經來到比由古王子率領的部隊更深入的地方。

我真是太不小心了！

沒想到這個失誤會害我遇到這種事情……

雖然妖精令我感到失望，但一個外型怪異，像是巨大金屬鎧甲魔像的東西，擋住了我的去路。

魔像是一種由泥土與岩石組成的人型魔物，但我看到的那傢伙是由金屬組成。

雖然我說那東西像是魔像，但顯然不是魔像。

既然那東西出現在妖精展開的結界內側，就代表那不是野生的魔物，而是受妖精控制的奴僕。

在這時候發動鑑定，成了我命運的分水嶺。

『無法鑑定。』

「全軍撤退！」

在看到那段文字的瞬間，我立刻下令撤退。

從過去到現在，我鑑定失敗的次數屈指可數。

更何況，鑑定技能等級十的我還有無法鑑定的東西才是怪事。

就是因為這樣，可以想見凡是我無法鑑定的對象，都是遠遠強過我的傢伙。

像是要印證我的預測一樣，金屬魔像把筒狀物體對準我們，射出了某種東西。

因為我十分提防這個敵人，才來得及閃躲。

即使如此，我還是被衝擊波震飛出去。

可是，在我身後的部下們就沒有那麼幸運了。

我的部下們全都變得血肉橫飛。

那幅光景真的只能用血肉橫飛來形容。

他們手腳斷裂，身體破出大洞。

每當某種肉眼看不見的神祕物體飛過，我的部下們就會悽慘地死去。

我立刻朝向金屬魔像施展魔法。

完全沒有手下留情。

然而，我射出的火焰箭被金屬魔像輕易躲開了。

哼，我就知道。

這個金屬魔像跟我想的一樣，不是好對付的敵人。

只有我能對付它。

看來只能由我負責殿後，替部下們爭取逃跑的時間了。

我建構魔法。
自從遇到那位大人以後，我窮盡生涯不斷磨練魔法的基本功。
基本功就是奧義。
我創造出幾十道火焰箭。
讓那些火焰箭全都處於自己的控制之下，同時射出去。
火焰箭迅速飛了過去。
可是，超過半數的火焰箭都被金屬魔像躲過了。
剩下那些直接命中的火焰箭，似乎也沒對它造成太大的傷害。
不愧是有著類似鎧甲的外型，看來敵人的防禦力也很強。
而且還擁有能快速移動的機動力。
再加上神祕的遠距離攻擊。
好強。
這傢伙的實力讓我想起過去在艾爾羅大迷宮裡對上的地龍。
背後冷汗直流。
然而，因為我用魔法擊中敵人，幫大家爭取到了一點時間。
還倖存的部下們都開始逃跑了。
話雖如此，憑這個金屬魔像的速度，想要追上他們並非難事。

看來光是爭取時間還不夠。

就算拚上我的老命，至少也得帶走這傢伙的一條腿才行。

我發動轉移術。

繞到金屬魔像背後。

接著立刻建構魔法。

讓金屬魔像的腳底下結凍。

然後用風魔法的衝擊波進行追擊。

金屬魔像凍結的腳有半數都碎裂了。

雖然只有一半。

但至少還有一半。

這樣敵人的機動力應該就被削弱不少了。

金屬魔像無視於關節的限制，把手臂轉向後方。

在愣住的瞬間，我往地上一蹬，往旁邊跳開。

因為對方不是正常的生物，所以關節想怎麼動就怎麼動。

直到親眼看到這一幕之前，我都無法理解這個道理。

其代價就是右手和雙腿。

我沒能完全躲開。

可是，我也不會白白挨打。
我強忍著痛楚建構魔法。
在金屬魔像再次把金屬筒對準我之前完成魔法。
這招是獄炎魔法等級四的「陽炎」。
那是一顆跟拳頭差不多大的小火球。
火球碰到了金屬魔像的身體。
效果只有短短一瞬間。
可是，那道火焰燒盡了一切。
陽炎是把強大的火焰之力，壓縮成一個小火球的魔法。
在我最擅長的火系魔法中，這是我目前能施展的最強魔法了。
即使強如金屬魔像，面對陽炎的火焰，其強韌的身軀依然被燒燬融解，徹底破壞殆盡。
我成功了。
我揚起嘴角，但下一瞬間就收回笑容。
因為我在視野中看到好幾個同樣的金屬魔像在動。
……看來我今天將會命喪於此。
正當我放棄希望的時候，有四道人影襲向金屬魔像。
而且轉瞬間就把那些金屬魔像全部破壞掉了。

然後，其中一道人影看向我這邊。
令人驚訝的是，對方是一個騎著蜘蛛的小孩。
「廢物！廢物！」
然後我就被羞辱了……

嗯。
就算從頭開始回顧，我也還是完全搞不清楚狀況啊！
那些金屬魔像應該是受妖精控制的魔物或某種東西，但這些小孩到底是何方神聖？
既然她們有六隻手，那應該不是人族才對。
我試著對眼前的小孩發動鑑定。
結果得知這個小孩所屬的種族是操偶蜘蛛怪。
她們果然是魔物。
說到蜘蛛怪，那是一種有名的蜘蛛型魔物。
既然她還騎著蜘蛛，那兩者之間的關係就很明顯了。
不過，更令人驚訝的是，這個小孩還擁有「菲兒」這個名字。
具名魔物——
在擁有智慧的強大魔物底下，偶爾會出現這種擁有名字的罕見魔物。

既然她擁有名字，就代表有更強大的存在替她命名。

然而，這個名叫菲兒的傢伙，其能力值比我過去完全打不過的地龍還要強上一倍以上。

剛才那種金屬魔像就跟那頭地龍差不多強悍，但這個菲兒遠遠強過那頭地龍。

世上居然還有可以使喚這種強大魔物的存在。

那傢伙到底擁有多麼強大的力量……

那位大人的身影閃過腦海。

過去在艾爾羅大迷宮裡讓我領悟到自己實力不足的契機，就是那個名叫迷宮惡夢的蜘蛛型魔物。

而這些傢伙也是與蜘蛛有關的魔物。

這樣的偶然實在太過湊巧。

難道真的是那麼一回事嗎……？

名叫菲兒的傢伙定睛注視著我。

那對有些冷漠的眼睛，讓我無法判斷她在想些什麼。

雖說她出手擊敗了金屬魔物，也不見得就是我的同伴。

更何況，我還對她發動鑑定，做出可算是敵對行為的事情。

就算直接被一刀砍死，也怨不得人。

……雖然是她先開口罵人的。

她到底會怎麼行動？我對此保持警戒，但另一個小孩拍了拍菲兒的肩膀。

然後搖了搖頭。

……雖然她沒有把話說出口，但從她的肢體語言來判斷，我能明顯看出那是「別說得太直白……」的意思。

「……老頭？」

也許是因為被另一個小孩教訓過了，菲兒改變了對我的稱呼。

雖然老頭比廢物來得好聽多了，但那應該只是我外表給她的印象吧？

「老頭……廢物……廢物老頭！」

「居然加在一起了！這樣不是變得更難聽了嗎！」

……唉……我覺得有點心碎。

雖說對方其實是魔物，但我為何要被一個小孩辱罵，還得接受這種算不上安慰的安慰？

難道我做錯了什麼嗎？

就在這時，又有幾個跟剛才一樣的金屬魔像，從樹林裡現身了。

「嗚！」

我立刻站了起來。

剛才受到的傷，我已經偷偷用治療魔法治好了。

雖然光是一個金屬魔像，對我來說就算是強敵了，但我也不能躺在地上任人宰割。

我也是有自尊的！
「廢物老頭……」
……像是要我別逞強一樣，菲兒對我如此說道。
「給我閉嘴～！我絕對不是什麼廢物老頭～！」
我也是有自尊的！
我建構魔法！
這招是獄炎魔法等級一的「焦土」！
這是能用烈火燒盡廣範圍地面的攻擊魔法。
可是，雖然攻擊範圍很廣，但威力遠遜於等級四的陽炎。
無法對金屬魔像造成致命一擊。
不過，重頭戲還在後面呢！
我緊接著建構第二發魔法！
這招是冰獄魔法等級一的「凍土」！
這是能讓廣範圍地面凍結的攻擊魔法。
要是讓這些因為獄炎魔法而急速加熱的金屬魔像，又反過來被能夠降溫的冰獄魔法攻擊，會有什麼樣的後果？
急速加熱又急速降溫的物體，會變得非常脆弱。

即使那些金屬魔像承受得住「焦土」，也承受不住我緊接著使出的「凍土」。

那些金屬魔像的身體出現裂痕，一個接著一個瓦解了。

「哇哈哈哈哈！怎麼樣！知道厲害了吧！」

我轉身面對那些小孩，得意地挺起胸膛。

老實說，連續施展這種等級的魔法，對我來說也是很吃力的事情，因為把腦力壓榨到極限，讓我覺得頭痛，而ＭＰ急速減少也讓我頭昏眼花。

可是，身為一個男人，有時候也不得不逞強！

「喔～」

菲兒用六隻手為我鼓掌。

哼，這樣就能證明我不是廢物了吧？

「廢物老頭！」

「我才不是什麼廢物老頭！我有羅南特這個響亮的名字！」

其他三個小孩注視著和菲兒爭論的我。

被那三雙眼睛盯著看，讓我覺得自己有些不夠成熟。

「廢物？」

「為什麼又變回廢物了！」

可是，因為菲兒再次叫我廢物，又讓我把那種羞恥心拋到腦後。

此外，也許是因為聽到我的叫聲，那些金屬魔像又再次出現了。

為了迎戰那些金屬魔像，小孩們舉起武器。

她們已經沒把我放在眼裡了。

因為剛才連續施展許多大魔法，讓我的MP所剩無幾。

想要繼續對付這些金屬魔像，可能有些困難。

如果這群小孩都跟菲兒實力相近，就算不用借助我的力量，應該也有辦法對付這些金屬魔像。

可是，我真的可以就此退縮嗎？

被人說是廢物，難道要我厚著臉皮就此罷休？

「當然不行！給我等著瞧吧！我才不是廢物！」

我也是有自尊的！

雖然我已經無法施展剛才那種大招，但至少還能掩護那些幼女！

我要讓她們見識一下，我絕對不是什麼廢物！

……奇怪？我到底是來這裡做什麼的？

王6 孤獨的王

「……莎麗兒，我有事情要告訴妳。」

那一天，邱列一臉嚴肅地前來拜訪。

後來想想，從那天以後，世界就不再和平了。

「……他終於要告白了嗎？」

「可是感覺起來不太像耶……」

耳朵微尖的女孩看起來很興奮，但另一個綠皮膚的男孩卻一臉不安地望著莎麗兒大人與邱列走進的房間。

莎麗兒大人與邱列正在單獨交談。

說話聲沒有從裡面傳出來，所以我不清楚他們當時說了什麼話。

可是，我能大致猜到對話的內容。

因為在他們交談的時候，電視上就播出那則新聞了。

『不好意思打斷節目，現在要插播一則緊急新聞。』

一直開著沒關的電視突然播放緊急新聞。

『龍族發動襲擊了。』
主播有些慌張地讀稿。
這種說法十分簡單扼要，以一則新聞來說，傳達的訊息量實在是太少了。
不過，那只是個小問題，電視在下一瞬間切換的影像，補足了所有缺少的情報。
只要看一眼，就足以讓人理解發生了什麼事情。
不想理解都不行。
也許是用手機慌忙拍攝的結果，影像的品質十分糟糕。
影像中拍攝到大都市的殘骸。
大樓倒塌了，車子像是樹葉一樣在空中飛舞，高架橋整個翻了過去。
在那場大破壞之中，人類實在太過渺小，甚至連身影都找不到。
可是，就算找不到人類的身影，也能看見龍族的軍隊在天空飛舞，踐踏地面的樣子。
然後，影像突然劇烈晃動，接著就變成一片漆黑。
「……這……怎麼可能？」
不知道是什麼時候出現的，在看著影像的我們身後，邱列一臉茫然地站著不動。
莎麗兒大人也站在他旁邊。
莎麗兒大人默默地走向玄關。
「莎麗兒！妳要去哪裡！」

「這還用說嗎？」

莎麗兒只回了這短短的一句話。

即使如此，邱列好像知道莎麗兒大人想去什麼地方。

我當時因為在電視上看到的影像而大受震撼，還沒能完全搞清楚狀況，所以也不明白邱列和莎麗兒大人的對話有何意義。

眼前這幅太過不真實的光景，讓我無法理解那是現實發生的事情。

「莎麗……」

「請不要阻止我。我不想把你當成敵人。」

「……」

邱列朝向莎麗兒大人伸出的手，因為這句話而停住不動了。

莎麗兒大人就這樣頭也不回地離開了。

「……她都沒想過我可能會把這些孩子當人質嗎？這表示她對我還有這點程度的信任嗎？」

邱列就這樣無力地坐在沒人的椅子上。

電視上依然播放著緊張的新聞報導。

在那之後，莎麗兒大人再也不曾回來。

電視上不管是哪個頻道，全都在播放新聞，一直在報導跟龍族有關的消息。

也許是因為採訪人員無法順利取材，各種情報錯綜複雜，讓人搞不清楚哪個才是真的。
現場的影像就只有剛開始時的直播，而且那也是因為碰巧有人在現場進行拍攝，才能得到那些影像。
沒人知道那個拍攝者是否依然健在。
從當時的情況來判斷，那個人還活著的機率幾乎是零。
從那天以後，邱列就一直待在孤兒院裡。
當時我不是很明白邱列為何要住在孤兒院裡。
可是，我現在知道那是他對莎麗兒大人展現出來的義氣。
他要保護莎麗兒大人重視的這間孤兒院。
那應該算是背叛龍族的行為才對。
這對邱列來說應該是個沉重的決定，但為了不讓我們發現這件事，讓等待莎麗兒大人歸來的我們不會感到不安，他溫柔地照顧著我們。
一天……兩天……一星期……一個月……
我們一直在等待莎麗兒大人回來。
除了莎麗兒大人，孤兒院裡的所有人都回來了。
就連那個踏入演藝圈的男生，也硬是弄到了休假。
「演藝圈現在也顧不得賺錢了。反正現在就跟停業差不多，想要請假也不是什麼難事。」

雖然他是這麼說的，但也不曉得其中有多少真實性。

不過，我知道他是因為擔心孤兒院才會回來。

但我們能做的事情，也就只有祈禱莎麗兒大人平安回來。

可是……

莎麗兒大人再也沒有回到孤兒院……

不久後，龍族的攻擊停止了。

我看了新聞才知道，原來是莎麗兒大人與龍族戰鬥，把龍族擊退了。

雖然不曉得是如何拍攝的，但新聞上有播放出莎麗兒大人與龍族戰鬥的模樣。

影片似乎就只有那一支，新聞裡不斷播放著那支影片，每個時事評論員都對莎麗兒大人讚不絕口。

也有人懷疑影片是合成的，卻改變不了龍族這個人類敵不過的強敵被擊退的事實。

此外，因為許多國家的政府都公開表揚莎麗兒大人的功績，讓那些質疑的聲音全都消失了。

可是，成功擊退龍族的喜悅，並沒有讓全世界為之沸騰。

因為在擊退龍族的同時，世界各地都出現了異常氣象。

也不知道該不該把那種情況稱作異常氣象。

如果要用異常氣象來形容，那種變化實在是太過明顯且激烈了。

大地出現裂痕，大海逐漸枯竭，天空不再水藍。

彷彿世界就要滅亡了。

不，不是彷彿，而是事實，那就是這個世界的末日。

『達斯特迪亞國的達斯汀總統召開的記者會，馬上就要正式開始了。記者將在當地為各位觀眾進行轉播。』

『大家早。事不宜遲，關於龍族這次的襲擊，我會把目前已知的情報都告訴大家。因為被龍族襲擊的地區與國家太多了，要是把所有國家的名字都列舉出來，恐怕會沒完沒了，所以我將省略不提。雖然我國的軍隊已經進到當地，但還沒有完全掌握受害的狀況。此外，雖然我們也對龍族的棲息地展開武力搜索，卻沒能發現龍族的身影。關於龍族到底跑去哪裡這個問題，我們目前還在調查，但據說有人在當地看到許多光芒消失在遙遠的高空。我們懷疑龍族可能是飛往宇宙了。』

『請大家保持安靜！關於龍族發動襲擊的理由，我們懷疑是因為人類沒有把牠們多次的忠告聽進去。也就是要求我們人類停止使用ＭＡ能源這件事。龍族的主張始終如一，ＭＡ能源就是星球的生命力，一旦取出那種能源，星球就會逐漸變得衰弱。雖然龍族為此不斷要求我們停止使用ＭＡ能源，但就跟大家所知道的一樣，許多國家都在鼓勵使用ＭＡ能源，一直否定龍族的說法。』

『大家安靜！我現在不是在批判特定國家！只是在陳述已知的事實！沒錯！自從龍族消失以後，我們遇到的這種異常現象，就是ＭＡ能源使用過度所造成的星球衰弱現象——不對！是我們的星球就要崩壞了！』

這場由達斯特迪亞國的達斯汀總統召開的記者會，之後就陷入一團混亂。

怒罵聲此起彼落，有些記者還打算跑去找總統理論，結果被警衛制伏，讓記者會變成暴動的現場。

總統在警衛們的保護下離開現場的背影，就是這場新聞轉播的最後一幕。

社會大眾應該都無法認同這場記者會宣布的事情吧。

因為許多國家都很依賴ＭＡ能源帶來的恩惠。

雖然由達斯汀總統治理的達斯特迪亞國等國家算是例外，但那些國家也有人透過走私的方式偷偷使用ＭＡ能源，沒辦法徹底取締這種行為。

此外，即使是禁止使用ＭＡ能源的國家，也無法跟鼓勵使用ＭＡ能源的國家停止貿易。

而那些透過貿易輸入的產品，在生產過程中也會用到ＭＡ能源。

換句話說，大家或多或少都有受到ＭＡ能源的恩惠。

就連我們這間孤兒院，雖然是由達斯特迪亞國建造，在過程中禁止使用ＭＡ能源，但應該也多少有透過那些輸入品間接受惠。

龍族不是突然就犯下暴行。

人類才是有罪的那一方。

可是，願意承認這件事的人類並不多。

其他國家也開了許多場記者會，都認為達斯汀總統在記者會上宣布的事情全是胡扯。

要不然就是指責某個國家，或是把錯完全推給龍族，總之就是互相推卸責任。

可是，不管人類承不承認，都無法不讓世界停止走向滅亡。

在人們不願正視現實，忙著互相推卸責任的時候，世界毀滅的瞬間依然不斷逼近。

治安惡化了。

不，那不是只有惡化這麼簡單。

實際體認到世界將會滅亡後，人們的行為通常都會走向沉淪。

而那些想要在剩下不多的時間裡肆意妄為的傢伙，讓全世界都陷入無法無天的狀態。

暴動、傷害、竊盜、自殺……

就連應該負責取締那些犯罪行為的警察，有時候都會變成共犯。

孤兒院的周圍也很難算得上平靜。

每當發生不好的事情時，人們總會想要怪罪別人。

而我們這些住在孤兒院的嵌合體，就是人們遷怒的絕佳目標。

「都是因為有那些傢伙……」「如果沒有那些傢伙的話……」

說這些話並不需要根據。

只因為我們跟他們不一樣，人們就能把我們當成掃把星，正當化自己的暴力行為。

幸好沒有一大群人變成暴徒襲擊我們。

可是，我們有好幾次都被人丟石頭，或是被人開槍。

我覺得他們不敢直接襲擊我們，是因為有些人也對我們這些嵌合體心存畏懼，以及對莎麗兒大人有所顧慮。

畢竟莎麗兒大人擊退龍族是周知的事實，附近居民也知道她是這間孤兒院的經營者。

所以，那些對莎麗兒大人心存感激的善良民眾，應該不會想對這間孤兒院出手。

即使如此，還是有人對這間孤兒院開槍，也只能證明世上不是只有善良的人。

可惜自從莎麗兒大人擊退龍族的新聞出現後，在這種時候最可靠的邱列就失去蹤影了。

我當時對此不太高興，氣他在緊要關頭消失不見，但我後來才知道他當時正在拚命為了拯救莎麗兒大人而行動。

我後來才知道的事情太多了。

當時的我既無力又無知，就只是個拖油瓶……

無論如何，我們無法尋求邱列的幫助。

我們躲在孤兒院裡，勉強還能安然度日，但我們也有考慮在必要時刻主動出擊。

話雖如此，但我們不是計劃擊退對方，而是計劃自己逃走。

除了像我這種少數人之外，嵌合體的能力都很優秀。
即使對方擁有武器，我們還是有能力正面突破逃離這裡。
我們還有一輛能載走所有人的大車，可以幫助我們逃離這裡。
那是在龍族襲擊事件後，回到這裡的其中一個人開回來的車子。
雖然大家都很傻眼，懷疑他為何要開那種大車回來，但他或許早就想到事情可能會變成這樣了。
這就是所謂的先見之明吧。
我至今依然記得，當時我對質疑他的自己感到很羞愧。
於是，我們過著充滿緊張的日子。
沒人知道這種生活什麼時候會瓦解。
也許會是外面的居民，也許會是我們之中的某人，也或許會是世界本身先瓦解。
可是，在那一刻到來之前，事情就有所進展了。
「我們去見莎麗兒大人吧。」
不健康的程度在孤兒院裡僅次於我的男生，有一天突然說出這種話。
他的體質讓他無法睡覺。
因為這個緣故，他的眼睛底下總是有著大大的黑眼圈，永遠都是一副毫無霸氣的疲累模樣。
明明如此，他腦內似乎會分泌特殊的物質，讓他要是不一直做些事情，就無法保持平靜。

他本人明明常把「我什麼都不想做」這句話掛在嘴邊，卻不得不一直去做某些事情。

平常總是躲在房間裡，不知道在做些什麼事情的他，居然會主動說要出門，實在是非常難得。

不光是難得，這恐怕是他頭一次說出這種話。

他平常總是一副死魚眼，但就只有在這一刻，他的眼睛炯炯有神。

被他那種氣勢壓倒的人好像不是只有我，最後孤兒院裡的所有人都按照他的要求，搭乘那輛大車出門了。

他說因為沒有時間，要先等我們上路才會說明詳情。

原本要用來在緊要關頭逃跑的大車，並沒有受到敵人襲擊，就這樣和平地出發了。

在途中，我們有很多時間可以交談。

達斯特迪亞國是由整個大陸所組成。

因為面積廣大，移動所需要耗費的時間也很長，讓我們有許多時間能說話。

可是，其實說明詳情所需要的時間並不多。

他在路上告訴我們的事情，簡單來說就是「為了脫離這種困境，莎麗兒大人打算犧牲自己」。

他當然也解釋過莎麗兒大人這麼做的理由，以及該如何達成這個目的的原理，但那對我們這些孤兒院的孩子來說並不重要。

我們只在乎莎麗兒大人想要犧牲自己這件事。
至於他為何知道那種事情，我們也不是很在乎。
畢竟他總是躲在房裡做些奇怪的事情，肯定是因為這樣，才會從奇怪的管道得到那份情報。
然後，雖然說明原委所需要的時間並不多，但我們後來在車子裡聊了很久，非常久。
「我們必須阻止莎麗兒大人。」
「阻止她又能怎樣？」
大家的想法都一樣。
我們都不希望莎麗兒大人犧牲。
可是，要是她不那麼做，這個世界就會毀滅。
「難道就因為自己不想死，我們就要讓莎麗兒大人變成犧牲品嗎！」
「我不是那個意思！可是，這是莎麗兒大人自己選擇的路不是嗎！我們有資格阻止她嗎！」
眾人議論紛紛。
我知道自己活不久，早就放棄希望了。
不過就是稍微早死一點，我也做好這種覺悟了。
……如果只考慮到自己的話……
我就算了。
可是，要是孤兒院裡的大家也會死掉呢？

要是有方法能阻止這件事呢？

我希望大家都能活下去。

想到莎麗兒大人可能也有同樣的想法，我就不認為阻止她是正確的……

可是，我又不希望看到莎麗兒大人為此犧牲……

我想大家的想法應該也跟我差不多吧。

到頭來，正確的答案根本就不存在。

所以大家才會意見相左，雙方的主張都沒錯，永遠沒有交集。

「喂，小鬼們！少在那邊唉唉叫了！」

院長大喝一聲，讓大家停止爭吵。

「就算你們在這裡講那麼多，也不能解決問題吧？不管你們在這裡討論出什麼結果，最後做決定的還是莎麗兒大人。如果有想說的話，就直接去告訴莎麗兒大人吧！」

院長說得沒錯。

結果我們只是無能為力的孩子，就算說了那麼多，也沒辦法做到任何事情。

院長的喝斥聲讓眾人停止吵鬧，之後車子裡安靜到詭異的地步。

不過，因為離抵達目的地還有一段時間，結果大家還是忍不住開始斷斷續續地交談。

從漫無邊際的閒聊，一直聊到我們的未來。

我記得大家好像聊了很多，卻又不記得聊了什麼。

這肯定是因為在聊天的過程中，我的腦袋一直在胡思亂想。
當時那些胡思亂想的內容，我現在也記不得了。
因為那些想法全都得不到結論，所以這或許也是理所當然的事情。
不過，在那些胡思亂想的事情中，我只記得一件事情。
那就是等我們見到莎麗兒大人後，我要把手帕交給她。
雖然因為發生了很多事情，讓那些刺繡手帕延後完成，但我總算完成所有人的手帕了。
我不知道之後會發生什麼事情，但不管最後結果會是如何，我有預感如果錯過下次見面的機會，就再也沒機會把手帕交給莎麗兒大人了。
而我的預感成真了。

我們抵達的地方，可說是達斯特迪亞國的政治中樞。
那就是總統府。
不曉得用了什麼手段，但我們很輕易地就踏進那個普通人無法進去的地方。
關於我們當時是如何與總統府的人搭上線，至今依然是個謎。
可是，反正我們成功與莎麗兒大人見到面了，這對我們來說算是好事，那種問題也就不重要了。
沒錯，我們成功與莎麗兒大人見到面了。

「看到你們平安無事，我就放心了。」

這是莎麗兒大人久別重逢的第一句話。

她說得好像完全不在乎我們有多麼擔心，給人有些脫線的感覺，實在是很有她的風格。

後來，在時間許可的情況下，我們一直跟莎麗兒大人聊天。

也有試著勸她改變心意。

可是，莎麗兒大人非常堅持。

「因為這是我的使命。」

不管我們怎麼勸說，她最後還是會做出這樣的結論，根本無法讓她改變心意。

發現我們無論如何都不可能讓她改變心意後，話題自然就轉為過去的回憶。

剛被孤兒院收留的時候，大家會在無法成眠的夜晚互相依偎，聽莎麗兒大人朗讀故事書。

每當在波狄瑪斯的實驗中心靈受創的孩子，因為想起那些事情而瑟瑟發抖時，莎麗兒大人就會一直抱著他們，溫柔地撫摸他們的頭，直到他們停止顫抖。

為了無法去上學的我們，莎麗兒大人會擔任老師替我們上課。

以前還有人在吃晚餐時看到討厭的食物，偷偷把食物塞給旁邊的孩子，莎麗兒大人發現後，就說「挑食是不對的行為」，硬是逼那孩子吃下討厭的食物。順帶一提，結果那孩子後來變得更討厭吃那種食物了。

當男生們流行掀女生裙子的時候，莎麗兒大人把男生們的褲子全部沒收，讓他們只能穿著一件內褲。在那之後，掀女生裙子的亂象就消失了。
當幼年期結束，我們即將踏進青春期的時候，她還以上保健課為名義，大方地讓我們觀看色情影片。莎麗兒大人平靜地解說男女交合的方式，但院長慌張地衝進教室，大聲喝道：「妳怎麼可以讓孩子看這種東西啊！」後來莎麗兒大人還被院長教訓了好久。
因為沒人知道我們的生日是什麼時候，就把孤兒院開設的日子定為所有人的生日。每次到了那一天，大家就會大肆慶祝。莎麗兒大人還會送禮物給每一個人。
如果我們要找人商量戀愛方面的問題，就不會找莎麗兒大人，而會去找院長。因為莎麗兒大人對這方面的事情一竅不通。不過，對於大家都不去找她商量這件事，她看起來好像有些沮喪。
有美好的回憶、有令人難為情的回憶，也有痛苦的回憶。
可是，那些回憶永遠都聊不完。
在我們的人生中，一直都有莎麗兒大人存在。
從波狄瑪斯的實驗室裡被救出來後，把我們從實驗動物變成人類的不是別人，正是莎麗兒大人。
述說跟莎麗兒大人之間的回憶，就等同於述說我們每個人的人生。
所以，這些話題不可能聊得完。
「……時間差不多了。」
然後，聊天時間結束了。

離別的時刻到來了。

「莎麗兒大人，這個給妳。」

所以，我利用這個最後的機會，把手帕交給她。

我先把手帕交給莎麗兒大人，再當場依序把手帕交給孤兒院的大家。

我希望藉由讓孤兒院的大家也都帶著我的手帕這件事，讓莎麗兒大人體會到「我們永遠與妳同在」這樣的心意。

我不知道自己的心意有沒有傳達給莎麗兒大人。

因為莎麗兒大人完全不懂人心。

即使如此，我還是相信這份心意有傳達給她……

「各位。請你們幸福地活下去吧。願你們無災無難。」

莎麗兒大人最後是這麼說的。

沒有妳，我們還能得到幸福嗎？

有這種想法的人，肯定不是只有我。

想要阻止她的人，肯定不是只有我。

可是，莎麗兒大人還是頭也不回地走了。

當莎麗兒大人轉身離去，身影完全看不見以後，有人哭了出來。

說不定我就是第一個哭出來的人。

那個人也可能是別人。

大家都像個孩子一樣放聲大哭，分不出誰才是第一個哭出來的人。

我們就只是一昧地哭泣。

『人類們，聽得到我的聲音嗎？』

有一道聲音直接在不停哭泣的我們腦海中響起。

那是我很熟悉的邱列的聲音。

『我的名字是邱列迪斯提耶斯。也許有人已經發現，就在這一瞬間，世界改變了。』

雖然哭得不省人事的我們還不知道，但世界好像在那一瞬間變質了。

『從這一刻開始，這個星球將處於系統的管理之下。而我將會擔任系統的管理者。』

沒錯，就在這一瞬間，系統架設完畢了。

『就跟你們知道的一樣，因為人類愚蠢的行為，這個星球的壽命就快要結束了。』

不過，當時的我們並不知道，這件事到底有何意義。

『為了解決這個問題，人類試圖犧牲莎麗兒，讓星球得以恢復生命力。想要用別人的命，解決自己招來的危難。』

因為我們一直坐在車子裡移動，不知道這件事，但達斯汀總統似乎有宣布要犧牲莎麗兒大人來拯救星球的消息。

而這一天正好是執行計畫的日子。

我後來才知道，達斯汀總統原本好像不打算讓我們見莎麗兒大人最後一面。

對於該不該讓我們跟莎麗兒大人告別這件事，他似乎也相當煩惱，而他在最後覺得讓我們這些孩子目睹莎麗兒大人這位義母的死太過殘酷了。

『你們不覺得人類犯下的罪，就該由人類自己償還嗎？』

不過，當時的我們無從得知那種事情，只覺得邱列的聲音在腦海中響起非常不可思議。

『所以，我們要給你們這些人類一個機會。而覆蓋這個星球的系統就是為此存在。』

不過，繼續聽著邱列所說的話，我們就知道其中的原理了。

『我要你們人類戰鬥。而戰鬥能夠增加靈魂中的能源。我要你們變成在戰鬥中取勝，藉此增加能源的裝置。然後在你們死去的那一刻，回收靈魂中積蓄的能源，用來讓星球再生。』

這就是系統的規則。

『但如果只有這樣，你們死掉後就解脫了。所以，我讓你們只要待在這個系統之中，就會一直在這個星球輪迴轉生。就算死去了，也遲早會在這個星球重新誕生，再次透過戰鬥累積能源。』

人類只能戰鬥至死，即使重新誕生，也只能繼續戰鬥至死……

哭累的我們遲遲無法理解這種有如地獄般的系統規則。

『這個星球現在是靠著莎麗兒的力量才能免於崩壞。我要你們親手救出自己想要犧牲掉的莎麗兒。你們只需要去做自己想讓她去做的事情就行了。很簡單對吧？』
不過，就只有救出莎麗兒大人這句話，異常清楚地停留在腦海中。
我們有辦法救出莎麗兒大人了。
對我們來說，那就是希望。
『這是你們人類犯下的罪。贖罪吧。贖罪吧。贖罪吧。贖罪吧。贖罪吧。贖罪吧。贖罪吧。贖罪吧。贖罪吧。』
對世人來說，這肯定是讓人自覺到罪過，想要充耳不聞的聲音。
『戰鬥吧。戰鬥吧。戰鬥吧。戰鬥吧。戰鬥吧。戰鬥吧。戰鬥吧。戰鬥吧。戰鬥吧。然後，去死吧。』
可是，對我們來說，這聲音就像是一道福音。
自從那一天以後，我們的戰鬥就開始了。
這是拯救莎麗兒大人的聖戰。
也是無比漫長的聖戰。
……這場聖戰實在太過漫長，也太過嚴峻了。

「啊……」

就在這時，我突然醒了過來。

我剛才有一瞬間失去意識了。

……這可不行……

那就是所謂的走馬燈吧。

「嗚哇！好危險！」

在恢復意識的瞬間，我躲過進逼而來的攻擊。

好險好險。

我差點就在看到走馬燈後死掉了。

可是，我還不能死。

我往後跳開，大幅拉開與敵人之間的距離。

幸好對方沒有繼續追擊。

成功拉開距離後，我趁機喘口氣。

我輕輕摸了摸頭，發現有種濕黏的感觸。

頭上流出不少鮮血。

我集中注意力，開始治療頭部的傷口。

就是因為這個傷勢，害我剛才有一瞬間失去意識。

然後，我再次看向那個敵人。

那傢伙就像是一個造型簡潔的人型金屬塊。

除了雙手都是鑽頭之外，那傢伙就是一個造型簡潔過頭的等身大球型關節人偶。

老實說，如果只看外表，根本就看不出這是波狄瑪斯的最終兵器。

然而，這傢伙毫無疑問是波狄瑪斯的最終兵器。

光榮使者Ω號——

那好像就是這傢伙的正式名稱。

在開始戰鬥前，波狄瑪斯還特地告訴我這件事。

那個Ω號突然消失不見了。

我並沒有移開視線。

反倒是連眨眼都沒有，一直盯著那傢伙看。

然而，我還是捕捉不到Ω號的身影。

下一瞬間，我依靠直覺做出判斷，往旁邊一跳。

這個判斷是正確的，Ω號從我閃躲的反方向刺出鑽頭。

要是閃躲的時間慢個零點幾秒，我早就被那個鑽頭刺穿身體了吧。

心臟猛然縮了一下。

「這個混帳！」

我趕緊出腿反擊，但這記迴旋踢卻撲了個空。

在我出腿的瞬間，Ω號就已經逃到我的攻擊範圍之外了。

「……算你厲害。」

我知道自己說這種話，只是因為不服輸罷了。

可是，就算知道自己只是嘴硬，我也不得不這麼說。

我到底有多久不曾遇到這種事了？

我竟然會看不到敵人的動作。

我並沒有因為那種外表，就輕視眼前的敵人。

……要說完全沒有是騙人的，但這可是能讓那個波狄瑪斯刻意報上名號的兵器。

我知道這傢伙不是可以輕忽的敵人。

然而，我還是沒能看清楚Ω號的動作，被敵人的初次攻擊完全命中頭部。

因為挨了那一擊，我還看到走馬燈了……

Ω號的速度只能用異常來形容。

那種速度恐怕跟全力以赴的我一樣，甚至更快。

我會做出這樣的猜測，並不是在逞強。

現在的我比完美狀態還要弱上許多。

抗魔術結界——

這個地方覆蓋著波狄瑪斯擅於使用的那種結界。

畢竟他都把Ω號配置在這裡，等待我自投羅網了。

想也知道一定有陷阱。

這裡就是波狄瑪斯的處刑場。

我被他完美地引誘到這個陷阱中了。

不過，我也是早就知道這件事，卻還是自己跳了進來啦。

因為我不是只想擊敗波狄瑪斯。

不管是陷阱還是最終兵器，我要粉碎他的一切戰力，讓他在絕望中戰敗。

所以，我才會明知這是陷阱，卻還是主動跳了進來，但我現在有些後悔。

這台Ω號的實力不遜於全力以赴的我。

就算身在抗魔術結界之中，我也有自信可以解決掉絕大多數的敵人，但想要解決掉這台Ω號就有困難了。

這傢伙看上去明明很弱，性能卻非常誇張。

……不，我錯了。

這傢伙的這副模樣，是把多餘的一切全部捨棄掉的結果。

就是因為完全不管外表好不好看，只著重在性能上，才會變成這種樣子。

這是那個重視美感的波狄瑪斯捨棄掉對外觀的要求，只重視性能而完成的力作。

難怪如此強悍。

想通這點後，我立刻改變自己的想法。

這傢伙不是沒有做好覺悟就能挑戰的對手。

沒錯，是挑戰。

我才是比較弱的那一方。

我必須懷著這種想法去挑戰。

這種事到底多久不曾有過了？

上次跟比自己強的敵人戰鬥，已經久到讓我想不起來那是什麼時候的事情了。

我想不起來。

當時的我完全沒有力量，還是那個最弱小的傢伙。

可是，現在的我已經不是最弱的傢伙了！

我鼓起鬥志往前衝了出去。

要是被Ω號的速度耍著玩的話就糟了。

因為抗魔術結界的緣故，除了在體內發動的魔術之外，其他魔術都會失效。

換句話說，在體外發動的技能與射出系的攻擊全都不管用。

魔法和蜘蛛絲也派不上用場。

所以，我只能選擇打肉搏戰。

總之，為了抵銷掉Ω號在速度上的優勢，我必須緊緊黏著它才行。

「喝！」

我朝向站在原地等我過去的Ω號揮出拳頭。

Ω號輕易躲過這一拳。

可是，我早就料到這一拳會被躲過。

我繼續追擊Ω號，不斷發動攻擊。

為了讓Ω號無暇反擊，我使出狂風暴雨般的連擊！

但Ω號看穿我所有的攻擊，還抓住我露出的些許破綻，衝進我的懷裡，把鑽頭刺進我的肚子。

「嗚嘎！」

螺旋刀刃不斷旋轉，削掉我肚子上的肉。

即使明知拉開距離不是上策，我還是不得不拉開距離。

為了逃離鑽頭，我退向後方。

痛痛痛……因為抗魔術結界的緣故，痛覺無效完全不起作用……

呼吸自然變得紊亂。

可是，不管我怎麼吸氣，身體都沒有變得輕鬆。

不但如此，我越是呼吸，感覺就變得越糟。

看來這不只是因為傷勢嚴重……

我猜自己被下毒了。

因為系統的影響，只要超過一定的濃度，化學毒藥就會自動分解，但就算波狄瑪斯能找到漏洞也不奇怪。

傷腦筋。

不光是抗魔術結界，那傢伙連毒藥都用上了……

想不到我居然會被自己擅長的招數逼入絕境……

就算我讓腹部的傷口再生，速度也比平時慢上許多。

換作是平常的話，就算身體被炸飛掉一半，我也能瞬間復原。

要是照著平常的感覺去戰鬥，可能會很危險。

我必須比平時還要謹慎，避免被敵人打到才行。

自從對幾乎所有屬性都有抗性後，我就漸漸習慣不再閃躲敵人的攻擊了啊～

反正就算被打到也不會受傷，而且絕大多數的攻擊在命中我之前，就會被我用暴食吃掉。

變強造成的弊端，就是容易疏忽大意。

跟實力不遜於自己的敵人戰鬥，總是能讓人發現自己的不足之處。

這種感覺也很久不曾有過了。

那我就來做些平時不會做的事情，賭一把試試看吧。

如果不這麼做，好像就打不贏這台Ω號。

Ω號衝了過來。

而且是從正面！

速度非常驚人，但我還不至於看不見正面衝過來的敵人。

對方直接刺出鑽頭，我故意不去防禦，用胸口接下攻擊。

「啊啊啊啊啊！」

胸口上開了個大洞。

「抓到你了。」

付出這個代價後，我用左手緊緊抓住Ω號的身體。

然後右手使勁握拳。

我在這一擊中使出全力！

我揮出一記完美的右直拳！

Ω號直接用臉接下我使出全力的右直拳，頭部當場破裂，連上半身都被那股衝擊轟飛。

不光是這樣，連下半身都炸了開來。

「如何，知道厲害了吧？」

剛才那種必須謹慎閃躲敵人攻擊的決心，到底跑去哪裡了？

可是，這八成是對付Ω號的正確戰法。

要是因為害怕被對方擊中而不知所措，就會被Ω號的速度耍著玩，在完全打不中敵人的情況下被幹掉。

那我不如故意承受攻擊，然後趁機抓住Ω號，一擊解決掉。

速戰速決——

這八成是能把損失壓到最低的戰法了。

雖然傷勢很嚴重，但只要花點時間就能治好。

如果受傷的速度快過慢慢花時間療傷的速度，我也會消耗更多的體力。

「很遺憾，還沒有結束喔。」

可是，當我還沉浸在勝利的餘韻中時，波狄瑪斯無情地如此說道。

Ω號被徹底粉碎的身體，就像是液態金屬一樣流動聚集，瞬間變回原本的樣子。

「第二回合要開始了。」

無視於整個人都愣住的我，波狄瑪斯有些愉悅地這麼說。

然後，Ω號再次向我襲來。

黑6　獨白　諸神的黃昏

人類與龍族的戰爭開始了。

這是可以預料的事情。

對龍族來說，人類就跟草芥一樣。

即使是智慧生命體，在龍族眼中也跟其他動植物差不了多少。

更別說人類還是無視於他們的再三忠告，不斷榨取等同於星球生命力的ＭＡ能源的種族。

就算龍族把人類當成危害星球的害獸，也是沒辦法的事情。

而龍族也不可能對驅逐害獸這件事有所猶豫。

如果他們處在龍族的庇護之下，那當然另當別論，但這個世界的人類並非如此。

雖然也有少數人類信仰龍族，但跟全世界的人口相較之下，數量非常稀少。

龍族原本可能是打算對那些少數人類伸出援手，但遺憾的是結果並非如此。

當時的我只不過是個低層人員，無從得知高層的想法。

我無從得知高層對未來有何計畫。

我所得到的指示是說服莎麗兒。

因為我們龍族無法繼續放任人類的行為，所以必須消滅人類。

我們希望莎麗兒能默許這樣的行動。

這就是我負責向她提出的要求。

在我看來，這種交涉不可能成立。

因為我和莎麗兒是好朋友，高層才會派我去跟她交涉，但老實說我很不想去。

誰會想要去負責談這種明知談不攏的事情？

更何況，對方可是自己單相思的對象。

……我很不想去，卻又不得不去。

可是，我不曉得高層對這次的交涉有何想法。

他們覺得這次的交涉會成功嗎？還是跟我一樣覺得會失敗呢？

我連這種事情都不知道。

根據龍族普遍的看法，這場交涉成功的可能性並不是零。

莎麗兒的使命是保護原生物種。

如果人類繼續使用ＭＡ能源，這個星球總有一天肯定會崩壞。

如果星球滅亡，原生物種也會全滅。

如果是這樣的話，那莎麗兒就有可能暫時對龍族的行為睜一隻眼閉一隻眼，默許龍族排除人類。

不過，莎麗兒想保護的不是原生物種，而是人類，所以這種看法的前提就錯了。

可是，高層有可能沒搞懂這件事。

如果是這樣的話，他們會覺得這場交涉有機會成功，也不是什麼奇怪的事情。

但如果他們打從一開始就認為這場交涉會決裂呢？

這樣就能解釋龍族為何會在我進行交涉的過程中對人族展開攻擊了。

簡單來說，我只是名義上的交涉人員，其實是被派去爭取時間的。

不過，因為那就跟被當成棄子是一樣的意思，我不是很想這麼認為……

龍族會在我交涉的過程中展開攻勢，是因為認定這場交涉會成功，才會不小心操之過急……

這並非完全不可能。

……雖然自己說不太好，但這個藉口實在有些勉強。

無論如何，因為我後來並沒有跟其他龍族會合，所以也無從得知高層的想法。

事到如今，就算知道真相也沒有意義了。

如我所料，我跟莎麗兒之間的交涉以決裂收場，她選擇與龍族敵對。

那就是結果。

那場戰爭應該極為慘烈吧。

我當時不在現場。

這只不過是推測罷了。

但相較於單槍匹馬的莎麗兒，龍族人多勢眾。

而如果要消滅一個國家，只需要派出一頭龍就夠了。

不管莎麗兒如何防守，把龍族各個擊破，其他龍也會趁機去消滅別的國家。

龍族意圖消滅人類，莎麗兒則忙著追擊並殲滅那些龍族。

那是一場盛大無比的捉迷藏。

這場戰爭當然會演變成長期戰。

人類也當然會開始針對我們龍族備戰。

即使那會是一場絕望的戰爭，人類也應該不願意坐以待斃吧。

不久前……不，以人類的感覺來說，那個事件應該是很久以前的事情了吧。

在風龍修邦負責治理的那片荒野底下出土，由波狄瑪斯親手設計，最後被某個國家製造出來的那些兵器。

其實也是人類為了對抗我們龍族而製作的兵器。

雖然直到實際跟我們戰鬥之前，那些兵器並沒有完成就是了。

不過，就算真的完成了，人類也還是不可能與龍族對抗。

面對龍族的襲擊，雖然人類的軍隊當然也有反抗，但那種程度的戰力就跟沒有一樣。

我們最大的失算，就是人類為了組織那些軍隊，又進一步掠奪了ＭＡ能源。

用來製作兵器，也用來運用兵器。

我們為了讓人類放棄使用ＭＡ能源而戰，卻反倒讓ＭＡ能源消耗更多，這實在是很諷刺。

波狄瑪斯暗中販賣兵器設計圖這件事，也讓我非常不高興。

即使在被通緝之後，那傢伙還是以ＭＡ能源研究權威的身分，被人暗中保護。

渴望其研究成果的人多得是。

他應該不愁找不到藏身之處吧。

在被人暗中保護的同時，那傢伙一直悠閒自在地專心研究。

當時的我為何要放任那傢伙不管？沒有比這更讓我後悔的事情了。

不管是佛圖因為被捲入波狄瑪斯的陰謀而變成吸血鬼的時候，還是我在接觸孤兒院的孩子們的過程中，對波狄瑪斯的罪孽深重感到憤怒的時候……

與其讓事情變成現在這樣，如果我當時任憑衝動埋葬掉那傢伙……

至少情況不會變得如此糟糕才對。

我不該做出人類的罪犯就該由人類制裁，這種看似明理的決定。

這讓我學到雖然一個人失敗的原因通常都是任憑感情擺布，沒有理智處理事情，但有時候任憑感情行動反而比較好。

不過，這種事情通常都得等到後來才能知道是好是壞，在事發的當下大多都不知道該怎麼做才是最好的。

如果早知道會變成這樣，我一定會馬上跑去殺掉波狄瑪斯。

我現在也想殺了他。
但那不是我的任務。
我也沒有那種資格。
雖然心中感到羞愧，但我還是贊成把這個任務交給別人。
人類的罪犯果然還是得由人類制裁。
雖然制裁的過程花了不少時間……
沒什麼，那傢伙累積的罪狀也同樣多。
不管要給予那傢伙什麼樣的制裁，應該都會被原諒吧。
至少我允許。
就放手去做吧。
仔細想想，這個世界誕生了許多罪人，而那些罪人都背負著自己的罪過。
就我個人來說，在這個世界生活的人們，已經償還了不少的罪過。
要是聽到我這麼說，愛麗兒應該會生氣吧。
不過，人們接受的懲罰已經夠多了。
只要稍微想想看，就不難理解我為何這麼說。
他們連回歸正常的輪迴都不被允許，只能在這個世界反覆轉生，不斷地被榨取靈魂的力量。
即使轉生後不會繼承前世的記憶，本人對此毫無自覺，但在我這個旁觀者眼中，這已經是非常痛苦的懲罰了。

畢竟持續重度使用靈魂的結果，就是讓他們連要轉生都變得有困難。

人口本來就少的魔族雖然長命，卻因為與人族打仗而加快生死的循環，讓靈魂的損耗程度變得很嚴重。

這可能是他們過去為了進化用掉大量ＭＡ能源的懲罰，但看到他們處在種族滅絕的邊緣，就讓我覺得他們受到的懲罰已經足夠。

就算是人族，也不是每個人都有享受到ＭＡ能源帶來的恩惠。

其中也有很多無辜受到連累，被困在這個世界的人類。

照理來說，達斯汀也不需要把自己逼到那種地步才對。

達斯汀最後做出的決定，確實讓我不能接受。

但那傢伙有不得不那麼做的理由。

想到這裡，我就覺得他抽到了下下籤。

儘管抽到了下下籤，他卻認為那是出於自己的意志，至今依然把那當成是自己的責任，讓我十分佩服。

不過，我不會當面對他說出這種話。

這也理所當然。

雖然我在某種意義上很佩服他，但並不認同神言教的方針。

這兩件事並不相同。

不過，對於這件事，我對達斯汀也有些虧欠。

我無法強烈指責他最後做出的選擇。

因為逼他不得不那麼做的人，毫無疑問是我們龍族。

雖然我本人並沒有參與其中，也還是會對自己同族的所做所為感到愧疚。

在這個世界的人們耗費漫長歲月贖罪的過程中，龍族沒有跟著贖罪這件事，也助長了我的這種想法。

因為龍族在最後關頭做出非常要不得的行為。

那就是把這個世界的ＭＡ能源抽取到接近極限，然後帶著逃走。

在ＭＡ能源已經被人類浪費掉許多的情況下，要是又有人做出這種行為，會造成什麼後果？

不用想也知道。

這個世界將會滅亡。

無法挽回的末日正式開始了。

在莎麗兒與龍族停戰後，世界之所以會迅速邁向崩壞，就是因為這個理由。

因為那正是龍族的目的，當然會有那種結果。

對於龍族的所做所為，在這個世界生存的人類應該會覺得不可原諒吧。

我也跟他們有同樣的想法。

但站在龍族的角度來看，他們那麼做一點都不奇怪。

站在人類的角度來看，那種行為可說是蠻橫到了極點，但那對龍族來說是非常合理的行為。

簡單來說，龍族已經放棄這個世界了。

換成是人類，也不會想要一直待在快沉的泥船上吧？

如果可以早點逃離那艘泥船，當然會快點逃走。

如果逃走時還行有餘力，就會順便帶走一些東西。

反正船都要沉了，能拿的東西當然會全部拿走。

就是這麼回事。

除此之外，還有一個理由。

那就是讓那艘船確實沉沒，再也沒機會浮起來。

對龍族來說，這個世界的人類是無視於他們的再三忠告，把世界逼到滅亡的害獸。

設法讓那種害獸沒機會跑出這個世界，擴散到其他星球，也是理所當然的行為。

目的是將害獸一網打盡，消除後顧之憂。

這對被消滅的人類來說不是什麼好事，但這就是龍族對人類的真實看法。

雖然失去一個宜居的星球，對龍族來說算是損失慘重，但因為這裡已經有莎麗兒這個先住民了，他們也無法支配這個地方。

他們原本就不曾得到這裡，要捨棄時當然也不會惋惜。

不過，因為他們不曾得到這裡，用捨棄這種說法並不是很正確。

應該說他們是放棄支配，轉而決定毀滅這個星球。

這種說法聽起來好像更過分了……

不過，這種說法並沒有錯，對於龍族在最後關頭做出的行為，我也感到很憤怒，所以也無意加以訂正。

站在龍族的角度來看，那種判斷確實是正確的。

因為那對龍族來說只有好處，完全沒有壞處。

他們以失去一個無法支配的星球為代價，得到了那個星球殘存的能源。

雖然這樣說很過分，但可以消滅住在那個星球上的人類，處理掉那些害獸，對龍族來說也是一件好事。

不會因為人類是智慧生命體就同情他們。

反倒是因為人類是智慧生命體，龍族才會覺得更不可原諒。

人類就像是不管怎麼警告都不肯聽話的孩子，最後終於做出無法挽回的愚蠢行為。

這樣聽起來，你不覺得龍族會大發雷霆捨棄人類，也是很合理的事情嗎？

……你問我到底站在哪一邊？

這還用問嗎？

我當然是站在莎麗兒那邊。

而且是站在莎麗兒那邊，但不是站在人類那邊。

在變成流浪龍族之前，我一直站在龍族的角度觀察人類。

人類的愚蠢讓我非常憤怒。

讓這個世界崩壞的最後導火線是由龍族點燃，但把世界帶向滅亡的罪過，毫無疑問是人類要扛。

所以，如果要我在龍族與人類之間選擇一個，那我會站在龍族那邊。

不過，我早就沒資格說自己站在龍族那邊了……

……我是流浪龍族。

雖然現在已經脫離群體，但我還是無法否認，我其實不想說自己種族的壞話。

龍族在最後帶著ＭＡ能源逃走這件事難以原諒，但站在龍族的角度來看，我也贊同那樣的行為。

你覺得我這種優柔寡斷的傢伙很好笑嗎？

……正是如此。

到頭來，我還是無法決定自己到底該站在哪一邊。

正因如此，我現在才會這麼不乾脆地一直煩惱吧。

……

……在這種時候，難道就不能稍微否定一下我的說法嗎？

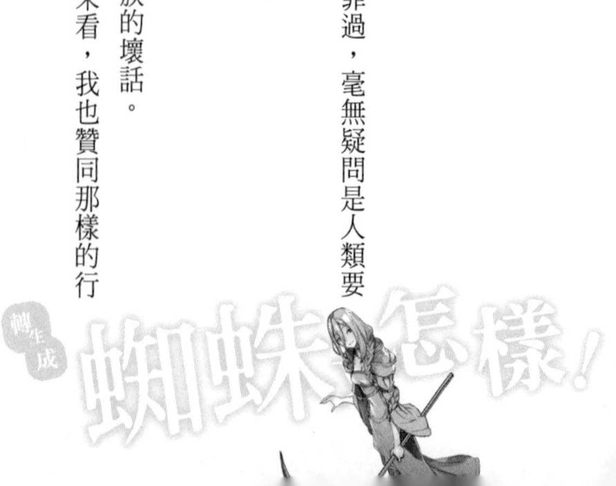

……算了。

反正我從以前就是個沒出息的傢伙。

我都明白。

但跑去向Ｄ求助這件事，對我來說依然是這輩子做過最重大的決定。

我至今依然感到不可思議，懷疑自己怎麼敢做出那種果斷的決定。

何況我並不認識Ｄ。

這也理所當然。

因為Ｄ是個非常強大的神。

就連在諸神中有著極大勢力的龍族，都不敢招惹她。

你說龍族不是也不敢招惹莎麗兒嗎？

龍族對待莎麗兒和Ｄ的態度可說是天差地遠。

莎麗兒確實是強大的流浪天使，讓龍族不敢隨便招惹。

但還是可以在同一個星球共存，長期來看也能慢慢拉攏的對象。

龍族並非完全沒去對付她，而是逐漸拓展包圍網。

可是，龍族對待Ｄ的態度就完全不一樣了。

連接近都不敢接近。

不接觸、不扯上關係，要是對方主動過來，就毫不猶豫地逃跑。

在龍族口中，D就是這樣的存在。

連自尊心強的龍族都這麼說了。

這樣應該不難理解D對龍族來說有多麼危險了吧？

何況龍族根本就把D的名字當成禁忌。

連要說出這個名字都不敢。

事實上，有些年輕的龍族甚至不知道D的存在。

雖然我在龍族中也算是年輕，也只不過是因為擅長空間魔術，才會得知其存在。

只要使用空間系的能力，就能前往任何地方，所以才會有人告訴我什麼地方千萬不能去。

其中之一，就是D所在的地方。

龍族在諸神中也算是勢力龐大，但也不是所向無敵。

在這個世界上，有許多一旦我們出手，就得付出相對代價的神。

就連立於我們龍族頂點的龍神大人，也曾經在很久以前被負責治理地獄的神打成重傷。

據說不管是在過去還是未來，那都是龍神大人唯一一次受傷。

嗯？

你問我有沒有見過龍神大人？

你說我嗎？

想也知道不可能見過吧。

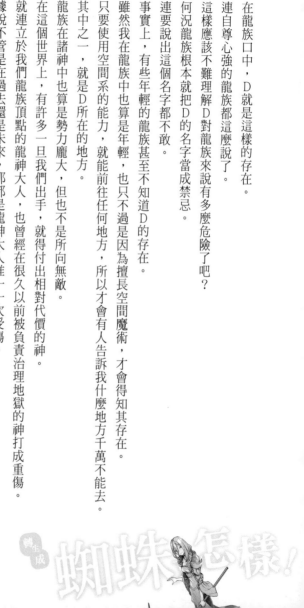

我要事先聲明，這個星球對龍來說只能算是邊境。
就像是位在邊境的窮鄉僻壤。
相較之下，龍神大人就像是住在王城裡的國王。
在窮鄉僻壤出生長大的我，當然不可能有機會謁見那種大人物。
就這種觀點來說，D也可說是其他國家的國王。
明明連自己國家的國王都不曾見過，我卻跑去拜託其他國家的國王幫忙。
連我都覺得自己太過大膽，甚至可說是太沒常識。
老實說，我很懷疑自己怎麼有辦法做出那種事情。
我當時也是拚命想要抓住救命的稻草。
雖然我拚命抓住的可不是稻草那種可愛的東西……
……我跑去向D求助，到底是不是正確的決定？
關於這個問題，我至今依然沒有結論。
如果我當時沒去向D求助，讓D插手這個星球的事情，莎麗兒早就沒命了。
別說是生命，她可能連靈魂都會消滅，存在本身徹底從這個世界消失。
如果靈魂完好無缺，她應該可以透過輪迴，在其他地方得到全新的人生才對。
雖然不曉得她會得到什麼樣的人生，但我只希望她能忘記這一切，過著幸福的生活……
但如果靈魂消滅了，就連這種可能性都會消失。

我想要拯救莎麗兒的生命。

至少也要防止她的靈魂被消滅。

這個願望實現了，D建立起來的系統成功延續了莎麗兒與這個世界的生命。

可是，那跟我想像中的救贖不太一樣。

如果要完成某件事情，就必須付出代價。

事情沒有如我所願，完美地拯救莎麗兒與這個世界。

雖然D應該辦得到那種事，卻沒有那麼做的理由。

如果我有辦法付出能讓D滿足的代價，就不會有這種問題，但我只不過是一個龍族的年輕小伙子，根本沒辦法給她那種東西。

結果D提供了拯救莎麗兒與這個世界的手段，而代價則是把這個世界變成她的玩具。

她把能力值和技能這些遊戲裡的東西放到現實之中。

把現實世界變成一款遊戲。

這對被逼著玩這款遊戲的這個世界的居民來說可不好受，但那也是他們自作自受。

既然只有玩這款遊戲可以拯救這個世界，那就只能逼他們去玩，當成是贖罪了。

但我還是會忍不住這麼想。

我是不是不應該把莎麗兒想要賭命保護的人類，拿去給D當成玩具？

我這麼做是不是也讓莎麗兒受到更多的痛苦？

我成功讓莎麗兒活得更久了。
雖然存在之道改變了，但這個世界依然還沒滅亡。
可是，這難道不是只在白白延長莎麗兒與這個世界的痛苦嗎？
我難道不是只做了不必要的事情嗎？
我無論如何都擺脫不了那種負面的想法。
這或許是我長久以來都躲在暗處，只能在旁邊守候著這個世界的弊端吧。
心中的鬱悶永遠無法解消。
這可能就是我所得到的一種懲罰吧。

間章　總統的決定

「情況如何？」

「世界各地都發生了以異常氣象為首的天災異變。」

「市民中也經常有人暴動，殺人之類的犯罪行為不斷發生。」

「自殺的人也變多了。尤其是許多龍神教的教徒都集體自殺了。」

「糧食的配給行動也停滯了。」

部下們接連回報的現況，都是我不想聽到的事情。

這也是理所當然的結果。

因為末日已經近在眼前了。

「……我們還剩下多少時間？」

沒人有辦法立刻回答我的問題。

彷彿害怕說出答案一樣，誰也不打算開口。

可是，我們不能一直這樣下去。

「根據波狄瑪斯・帕菲納斯的看法，連有沒有一年都不確定。」

其中一名大臣畏畏縮縮地開口回答。
聽到波狄瑪斯這個名字，我知道自己無法不把心中的不快寫在臉上。
我無法把事情走到這種地步的責任全部推給他。
可是，他毫無疑問是始作俑者。
一名男子虛妄的執著，害得這個星球走向崩壞。
但有可能打破這種困境的人，也就只有波狄瑪斯了。
因為這個緣故，不管我有多麼討厭他，也沒辦法將他處死。
「而且他說那還是這個星球能保持原本形狀的時間，生物有辦法生存的時間可能還要更少。」
「若要補充，隨著時間經過，狀況只會越來越差。」
這句話的言外之意，就是叫我趁早做出決定。
一直追隨我走到這一步的他們，早就決定要聽從我的命令了。
不管那是多麼不講理的命令，只要是我這個被譽為世界第一賢君的人做出的決定，他們就會接受。
我得到了最後決定權，卻遲遲沒有開口下令。
由於我們達斯特迪亞國禁止使用ＭＡ能源，所以龍族很少前來襲擊我國。
在其他國家都受到致命打擊的情況下，我們的損失相對輕微。

正因如此，成功戰勝ＭＡ能源的誘惑，一直禁止使用那種東西的我，就被喻為是世界第一賢君，現在已經沒有國家會反抗達斯特迪亞國的政策了。

所以，我才不得不謹慎地做出判斷。

因為達斯特迪亞國現在只要說某樣東西是白色的，就算是黑的也會變成白的。

「呼……」

我大大地嘆了口氣。

不管我怎麼思考，最後都只能得到同樣的結論。

我身為一個總統，身為一個人上人，不管自己有多麼無法接受，都必須做出這個決定。

「真的只有這個辦法了嗎？」

與其說是發問，這句話更像是在確認自己心中的答案。

然後，誰也沒有回答這個問題。

誰也無法回答。

無比漫長的沉默籠罩著會議室。

「叫波狄瑪斯·帕菲納斯去做準備。」

「……遵命！」

我說了。

我真的說出口了。

就算說是全人類現在的代表人物也不為過，身為達斯特迪亞國總統的我，就在這一瞬間做出了決定。

聽到我做出這個決定，會議室裡的所有人都自然垂下了頭。

我獨自站了起來。

然後走到窗邊。

明明現在不是晚上，隔著厚重的防彈玻璃看到的天空，卻有如失去光明般昏暗。

屋裡響起沉悶的聲音。

那是我用頭去撞玻璃的聲音。

「我這樣算什麼世界第一賢君！我不就……不就只是個無恥之徒嗎！」

在叫喊的同時，我再次撞向玻璃。

接著又再撞一次。

一次，又一次。

「總統！您不要這樣！」

眼見我額頭撕裂流出鮮血，大臣趕緊出面制止。

可是，我還是不停地用頭去撞玻璃。

直到三個人一起把我拉離窗戶旁邊，我才總算停止傷害自己。

「人渣！我是個人渣！」

可是，這無法停止我的話語。

我沒有停止痛罵自己。

「總統！總統！您很偉大！絕對不是什麼人渣！」

這應該是大臣的真心話吧。

可是，我完全聽不進去。

「我做的事情是恩將仇報！難道這樣還不算是人渣嗎！可惡！可惡啊！」

我喘著大氣大聲叫喊，隨即癱坐在椅子上。

「我的罵名必須被永遠流傳下去。」

「那種事情不會發生的。」

「不，會發生。就是因為這樣，我們才得創造出那樣的未來。」

聽到我這麼說，大臣們全都沉默不語。

「我要變成一個不擇手段的人。人渣就該像個人渣一樣，就算不擇手段也要保護世人。直到我靈魂消失的那一刻。那就是我這個無恥之徒唯一能做的事情。」

我的眼睛充滿血絲，但其中蘊含著無可撼動的信念。

我如此宣言：

「我要犧牲從龍族手中救出人類的女神莎麗兒，讓這個世界得以延續下去。」

聽到我這麼說，大臣們全都低下了頭。

「達斯汀總統，那就讓我們跟您一起下地獄吧。」

Dustin Eabehighnam

達斯汀

本名是達斯汀．艾柏海納姆。他出生於知名的政治世家——艾柏海納姆家族，他的父親、祖父和曾祖父都當過達斯特迪亞國總統。為了跟前人有所區別，大家都不是用姓氏，而是用名字稱呼他。是一名具決斷力，絕不違背承諾，有著強大領導能力的總統。那種毅然的態度讓他很有人望。為了拯救世界，他忍痛做出犧牲莎麗兒的決定。因為這個緣故，讓他下定決心就算不擇手段，也要拯救世界與人族。為了實現這個誓言，他至今依然沒有停止活動。

間章　波狄瑪斯與被犧牲的女神

在龍族停止襲擊的同時，我被達斯特迪亞國逮捕了。
……不過，那其實只是我的複製人。
哼，他們還以為被逮捕的複製人是我本人，對此深信不疑。
真是一群蠢貨。
我透過複製人向達斯汀總統提出拯救這個世界的方法。
那就是把號稱是女神的莎麗兒當成犧牲品。
而我的複製人正在製作那個用來拯救世界的裝置。
力量足以擊退龍族的女神，當然擁有龐大的能源。
而我要透過分解女神來抽取那些能源，重新灌注到這個世界。
藉此取代失去的ＭＡ能源。
……雖然表面上這樣說，但其實靠那種方法並不能拯救世界。
雖說都是能源，但種類並不相同。
這就跟同樣都叫做原子，但其實每種原子都不相同是一樣的道理。

就算直接把女神身上的能源灌注給星球，也無法代替ＭＡ能源。

不但如此，星球還可能抗拒女神的能源，加快崩壞的速度。

但那些傢伙無從得知這種事情。

既然如此，那我就繼續欺騙他們，順便奪走女神的能源，直到星球崩壞吧。

女神的能源啊……

感覺很有研究的價值。

雖然ＭＡ能源到頭來還是無法讓我得到永恆的生命，但換成是女神的能源說不定就有機會……

但要是我奪走女神的能源，這個星球就再也無法待下去了。

照這個樣子看來，星球應該很快就會崩壞。

如果情況允許，直到在附近找到能生存的星球之前，我還想繼續待在這個星球，但這也沒辦法。

看來只能在星際航行時尋找那種星球了。

如果可以的話，希望別讓我在下一個星球遇到認識我的龍。

真是的，龍族最後居然做出那種多餘的事情。

那些傢伙帶走的ＭＡ能源，原本是我要拿去用的。

不過，既然那些能源都被帶走了，那我繼續想也沒用。

我就死了這條心吧。

7 決戰 八百萬隻蜘蛛眼

天空中漂浮著無數個海膽。

在那些海膽的中央，還有一個巨大的金字塔型物體。

這幅光景實在讓人很想吐嘈，叫他們滾去宇宙。

太扯了～

抱歉了，在這個世界生活的人們。

你們很努力了。

有個樂於讓那種東西飛起來的變態，當然不可能儲存到足夠的能源。

光是一台海膽，就已經用掉非常多能源了，要是那種東西有那麼多個，早就有辦法拯救世界一兩次了。

被人壓搾到這種地步，這個世界還能繼續存續下去，反倒令人佩服。

這就是這個世界的居民努力奮鬥過的證據呢。

哎呀～你們真的很努力了！

……不過，就算是這樣，我要做的事情還是不會改變。

可是，那是這場戰爭結束後的事情。

我得先解決掉天上的那些海膽與金字塔才行。

還好我有先對鬼兄下達撤退的指示。

如果沒有我出手幫忙，就連女王都對付不了的海膽，數量居然多到數不清的地步，所以當然是走為上策。

畢竟那些海膽看起來就很擅長廣範圍殲滅敵人。

要是天上出現這麼多那種東西，這一帶肯定會化為焦土。

就算反抗軍或魔族軍在場，也只會變成靶子。

即使是鬼兄和吸血子，也不太有辦法對付這群海膽。

這就是所謂的戰術性撤退。

就這點來說，梅拉很優秀。

他巧妙地擋下妖精軍的攻勢，讓部隊順利後撤。

我有事先交代，要他在發生意外狀況時別太勉強自己，但他的撤軍方式實在是很乾淨俐落。

背對著敵人撤退是件相當困難的事情，但他輕易辦到了。

我們之中最優秀的將領，我想應該是梅拉吧。

相較之下，鬼兄和吸血子就不是這樣了，他們兩個負責殿後，出手解決掉妖精軍，藉此讓部隊撤退。

……那樣算是撤退嗎？

我忍不住對撤退的定義感到懷疑。

再來就是……人偶蜘蛛四姊妹好像跟某個眼熟的老頭子聯手起來，正忙著對付機器人。

她們在做什麼？

不是，到底為什麼變那樣？

我有點搞不懂那到底是什麼狀況。

……算了。

我就回收人偶蜘蛛，也順便帶走那個老頭子吧。

我透過人偶蜘蛛四姊妹騎乘的戰鬥分體發動轉移術。

把人偶蜘蛛和老頭子送到安全的地方避難。

嗯，這樣我就沒有後顧之憂了。

該來對付那群海膽，還有疑似大頭目的金字塔了。

機器人、超級機器人，接著出現的海膽，然後是金字塔。

雖然分批投入戰力是下下策，但我能理解敵人較晚派出海膽的理由。

因為那種海膽的真本領，就是用無數根砲管展開地毯式轟炸。

要是讓海膽使出那一招，地面上的機器人與超級機器人就一定會被波及。

所以，敵人才會無法隨便派出那些海膽。

不過，這也可能是因為那些妖精覺得只派出機器人就夠了。
後來他們又發現光靠機器人打不贏，就派出超級機器人，但超級機器人又被隕石彈擊潰。
……或許敵人真的只是無腦地分批投入戰力吧。
總之，因為機器人、超級機器人與海膽在設計上就不能並肩作戰，所以這可能也是沒辦法的事。
可是……可是！
這次！這些傢伙這次真的就是妖精軍的最終兵器吧！
不會再有更厲害的傢伙跑出來了……應該！
這個哏也差不多該玩膩了！
我已經懶得吐嘈了！
早在出現一大堆超級機器人的時候，我就已經受夠了，但後來又跑出更厲害的海膽，而且連那種海膽都有一大堆，實在讓人有種被耍的感覺！是怎樣啦！
而且彷彿要炫耀給我看一樣，在那群海膽的中央，還有個像是大頭目的金字塔！
那個金字塔應該就是最後王牌了吧！
沒錯吧！快告訴我就是這樣！
要是連那種金字塔都跑出來一大堆的話，就算是個性溫和的我也會發飆喔！
呼～！呼～！

啊～說了一堆怨言，讓我稍微冷靜下來了。

哎呀，真的……

真的太扯了……

波狄瑪斯，算你厲害……

到了這種地步，我也不得不承認這件事了。

他真的很厲害。

難怪他總是一副充滿自信的樣子。

手上握有這麼強大的戰力，當然會覺得自己不可能輸……

事實上，如果不是我的話，還真的對付不了他……

雖然我有辦法對付他就是了。

好啦，那我差不多該拿出真本事了。

唉……

如果可以的話，我其實不想拿出自己所有的王牌，但我也別無選擇了～

波狄瑪斯。

你可以感到自豪。

因為雖然還不成熟，但你讓我這個神認真起來了。
我原本以為能贏得更輕鬆的。
在我決定拿出真本事的同時，金字塔率先出手了。
金字塔的邊角開始發光。
那是〇動砲嗎？
就是〇動砲對吧！
如我所料，光芒在下一瞬間變成超粗的雷射，往我這邊發射了。
好好好，我先把雷射丟進異空間。
然後直接奉還！
往這邊射過來的超粗雷射，被吸進出現在我面前的異空間洞口。
然後，雷射從出現在旁邊的另一個洞口射出來，朝向金字塔飛了過去。
只要是空間魔術的使用者，每個人都能想到這一招呢！
那就是把空間連接在一起，直接把敵人的遠距離攻擊還給對手！
金字塔自己發出的雷射襲擊回去。
但金字塔果然也有展開結界，發出耀眼的光芒，把雷射彈開了。
我猜那應該是把抗魔術結界跟反射能力結合起來的結界吧。
雷射被結界彈開，往四面八方分散亂射。

分散的雷射往其他方向擴散，讓被擊中的地方煙消雲散。

……威力也未免太強大了吧。

那到底是怎麼回事？

被擊中的地面直接消失了耶。

那可不是留下隕石坑，而是直接打出一個空洞耶～

難不成他打算物理破壞這個星球嗎？

我原本還以為那是〇動砲，結果原來是〇星的超級雷射砲。

要發射一次那種攻擊，到底要浪費掉多少能源啊？

還好我不打算用正常的手段去防禦。

因為那種攻擊不可能擋得住。

呵！不過，這樣敵人的遠距離攻擊就對我不管用了！

因為我會全部反彈回去！

不過，在敵人射出第二發之前，我就會把它解決掉了。

我先偷偷看了哈林斯一眼。

哈林斯被鬼兄帶走了。

也許是注意到我的視線，他轉頭看了過來，但又立刻看向前方，重新開始避難。

總之，他好像無意介入這場戰鬥。

雖然這是件好事，但讓他見識到我的底牌，還是覺得很遺憾。
可是，如果我不拿出真本事，想要度過這一關恐怕有些困難。
不，雖然只要多花點時間，也不是絕對辦不到，但要是我慢慢對付敵人，這一帶恐怕都會化為焦土，甚至是徹底消失。
呼……
那我要出招了。
嘴巴上這麼說，但我讓自己藏身在異空間裡。
呵呵。
就算敵人有辦法射出破壞力強大的光線，只要沒辦法穿越空間，就絕對射不到我！
空間魔法的使用者為何卑鄙？
答案是我們可以單方面攻擊無法操縱空間的敵人。
正因如此，操縱空間對神來說才會是不可或缺的能力。
而我好像是特別擅長操縱空間的神。
那就讓我打開地獄鍋爐的蓋子吧。
金字塔和海膽都飛在天上。
我在更高的上空讓空間裂開。
那些裂痕逐漸擴散開來，變成像是蛛網的圖案，徹底覆蓋住妖精之里所在的森林上空。

然後，無數隻眼睛從裂縫中看向地面。
八百萬隻眼睛俯瞰著地面。
那些都是分體們的暴食的邪眼。
多如繁星的分體同時發動暴食的邪眼，吞噬掉金字塔與那些海膽的能源。
即使金字塔與海膽也射出對空砲火，卻被狀似蛛網的異空間擋住，完全無法擊中我的分體。
畢竟我直接阻斷了空間啊。
當然不可能打得到。
在敵人反擊的同時，能源被吃光的海膽們也接連摔落到地上。
這就是我的真本事。
徹底活用操控空間的能力，讓無數分體躲在異空間版的「我家」，然後用暴食的邪眼單方面搾取敵人的能源。
就算對方是神，一旦能源耗盡，也就只是普通的生物。
因為擁有普通生物不可能擁有的能源總量，神才有資格算是神，所以只要奪走那些能源，神就不再是神了。
這是我這個剛成為神的菜鳥，為了對抗邱列邱列而創造出來的戰法。
正確來說，是我只有這招能用啦～
因為，正面衝突的話我一定會輸。

所以，只能將原有的手牌徹底發揮了。
老實說，我只能這麼做。
我擁有的能力很少，少到不夠格當神的地步。
即使如此，為了擊敗邱列邱列這個比我更強的神，我不斷磨練這種全新的我家戰法。
就憑妖精的兵器，絕對不可能破解。
躲在我家裡的分體數量多達百萬。
而牠們都有八隻眼睛，總共可以同時使出八百萬隻暴食的邪眼。
我最多只能讓一萬隻戰鬥分體全力戰鬥，但如果只是要發動暴食的邪眼，倒是還有辦法做到這種事情。
這招本身超級單純，但也就是因為這樣才難以防範。
不過，就是因為這招很單純，所以可能會有我意想不到的防禦手段……
所以，我才會想要盡量避免亮出這張底牌。
我再次看向哈林斯。
嗚哇～他看得超級認真。
拜託不要，不要再看下去了。
我就只有這招了，要是他找到辦法對付，那我就沒戲唱了。
所以我才不想用這招的。

拜託你千萬別想出對策喔～

在我為此祈禱的同時，海膽全都摔落到地面，最後的金字塔也無力地往下墜落。

妖精的最終兵器就這樣輕易地被擊沉了。

考慮到連女王都完全對付不了海膽，那個疑似比海膽更強的金字塔，肯定強到連魔王都對付不了的地步吧。

事實上，考慮到我用暴食的邪眼吸收掉的能源總量，可以反過來推算出那傢伙擁有非常驚人的實力。

不過，那傢伙還是被我輕易擊沉了。

就跟波狄瑪斯對妖精的戰力充滿自信一樣，我也握有不管敵人是誰都能加以粉碎的力量。

所以，這場勝利是理所當然的結果。

……雖然心裡這麼想，但其實我現在有點緊張。

因為啊～！

我一直覺得應該不會有新的敵人出現，卻又不斷跑出更多的強敵啊！

就算這次又跑出一大群金字塔也不奇怪！

不對，那樣很奇怪吧！

可是，希望大家也能體會我提心吊膽的心情！

拜託不要再跑出更多敵人了！

我的願望沒有實現，地面突然裂開，某種巨大的東西從裡面飛了出來。

……

…………

………………

給我差不多一點喔！

我火了！

我真的火大了！

居然敢惹火個性溫和的我，你這傢伙膽子不小嘛！

你應該已經做好覺悟了吧！

雖然我打從一開始就不打算原諒，但我不會再原諒你了！

咦？跑出來的那個像是ＵＦＯ的傢伙是不是想要逃跑啊？

想都別想！

王7　報仇雪恨的王

「愛麗兒！那傢伙……那傢伙到底是怎麼回事！」

波狄瑪斯驚慌失措地叫喊。

在此同時，剛才一直展開猛烈攻勢的Ω號也停住不動了。

「你口中的那傢伙到底是指什麼？如果你不把話說清楚，我可聽不懂你在說什麼耶～」

我像是在嘲笑他一樣，故意聳聳肩膀，無奈地搖了搖頭。

換作是平常的話，就算我擺出這樣的態度，他應該也只會輕輕帶過，但看來他真的被逼急了，讓我隔著擴音器聽到他咬牙的聲音。

「我是說那個叫做白的傢伙！她到底是何方神聖！」

我就知道～

沒錯，我早就知道了。

雖然我剛才說聽不懂，但其實我知道他在說什麼。

因為除了小白，不可能有人能讓波狄瑪斯如此慌張。

可是，波狄瑪斯慌張的程度非比尋常。

自從波狄瑪斯上次被小白捅屁眼後，我好像就不曾聽過他這麼激動的喊叫聲了。
波狄瑪斯平時總是瞧不起別人，不會顯露自己的表情。
不管自己瞧不起的對象對他做了什麼，他都能無動於衷。
正因為瞧不起對方，才會讓他覺得被對方影響心情是種恥辱。
然而，他現在卻如此驚慌失措。
看來是發生了遠遠超出波狄瑪斯預期的事情吧。
嗯，小白很有可能就是犯人。
「什麼什麼？小白又幹了什麼好事嗎？」
我不認為他會回答，但還是出於好奇心試著問看看。
「現在是我在問話！快點告訴我那傢伙是怎麼回事！」
那種叫聲已經接近於慘叫。
嗯～
該怎麼說呢～
如果可以的話，我很想親手讓他發出那種叫聲耶～
可惜被小白搶先一步了～
「我不知道到底發生了什麼事，但我猜你應該是被小白擺了一道對吧？真是可憐。算你活該。」

我故意嘲笑他，結果剛才還停止不動的Ω號就突然發動攻擊。

我往後一跳，避開敵人怒火正盛的大動作攻擊。

「生氣了？你生氣了？脾氣真差～你是不是缺乏鈣質？就是因為這樣，閉門不出的弱雞才不可取。」

只要我出言挑釁，Ω號就會傻傻地衝過來。

「可惡！可惡！可惡！我到底在哪裡失算了？那種東西根本就不講道理吧！」

自說自話的怒罵聲在室內迴盪。

真是脆弱。

雖然我早就知道了，但這個男人真的很脆弱。

波狄瑪斯的強大，是建立在過去不曾面對比自己強大的敵人上。

不是波狄瑪斯強大，只是剛好對手都比他弱罷了。

所以他才能當個強者。

所以他才能展現出從容不迫的樣子。

可是，其實我都知道。

這個男人其實比任何人都要脆弱。

正因為比任何人都要脆弱，他才會比任何人都渴望力量。

而這種男人走到最後的結果，就是現在的波狄瑪斯。

誤以為實力強悍就等於變強，依舊脆弱的男人。

面對小白這個比自己強悍的對手，他就原形畢露，展現出原本軟弱的一面。

「真弱啊。」

「妳說什麼？」

「波狄瑪斯，你很弱呢。」

波狄瑪斯聽到我的自言自語，壓低聲音如此問道。

我那句話不是故意要說給他聽，但既然他都特地問了，那我就明白告訴他吧。

「像妳這種滿足於系統賦予的虛假力量的傢伙，可沒有資格說我。」

我說的可不是那種意義上的強弱。

不過，就算我這麼解釋，這傢伙應該也聽不懂吧。

「沒錯，就是系統。說什麼通往成神之路，結果根本沒辦法讓人成神嘛！可是，那傢伙又是怎麼回事？為什麼？啊啊，可惡！該死的東西！」

波狄瑪斯已經不知道在說什麼了，只是反覆說著毫無邏輯可言的怒罵。

也許是受到主人的影響，Ω號的動作也變得亂七八糟。

鑽頭逼近我的臉。

我用牙齒咬住鑽頭。

嘴裡響起令人不快的挖掘聲，但我不以為意地用力咬斷鑽頭。

「不對。給我等一下！沒錯！為什麼？為什麼妳還活著？」

喔？

他總算發現了嗎？

「為什麼妳身上的傷都治好了？為什麼妳能在抗魔術結界裡跟光榮使者Ω號對等戰鬥？這到底是怎麼回事！」

他發現得太慢了。

我被Ω號的鑽頭弄得遍體鱗傷。

肚子被挖掉一大塊，胸部被鑽出大洞，手臂被撕裂扯下，腳也被砍斷了。

可是，那些傷都已經治好了。

「難道說……難道說連妳都成功了嗎！妳也變成神了嗎！」

波狄瑪斯大聲慘叫。

被他至今一直瞧不起的我，先一步踏上通往成神之路的階梯。

這對波狄瑪斯來說應該是最大的屈辱吧。

「你錯了。」

不過，可惜事情並非如此。

我沒有變成神。

我無法成為神。

如果那麼容易就能成神，那波狄瑪斯應該早就成神了。
「我並沒有變成神。可是，我能暫時使出足以與神對等戰鬥的力量。你應該也知道那個方法吧？」
Ω號往後退了幾步。
「難不成……」
看起來就像是波狄瑪斯也感到畏縮。
「就是你想的那樣。」
「妳瘋了嗎？」
這種說法還真是難聽。
不過，在波狄瑪斯眼中，這種行為應該很瘋狂吧。
所以我才說你軟弱。
雖然我也不是什麼強者，但至少還有為了達成目的賭上性命的勇氣。
「謙虛。」
這是我取得的七美德系新技能。
其效果可以讓我暫時取得足以與神匹敵的能力。
當小白的靈魂碎片——前身體部長跟我的靈魂融合時，我的靈魂容量也相對增加了。
我的靈魂本來已經沒有任何空間，變得像是快要破掉的碎裂容器。

而小白的靈魂融入其中，修補了上面的裂痕。

拜此所賜，原本已經無法取得技能的我，才能成功取得新技能。

我取得了過去獨自行動時所不需要的「念話」技能，然後在最後取得這個名叫「謙虛」的技能。

除了小白之外沒人知道的這個技能，就是我的最後王牌。

對於打出這張王牌，我毫無猶豫。

即使代價是必須燒盡我的靈魂。

『謙虛：通往成神之路的ｎ％之力。效果是消耗自己的靈魂，暫時得到足以匹敵神的力量。此外，還能凌駕Ｗ的系統，得到對ＭＡ領域的干涉權。』

我抓住試圖讓碎掉的鑽頭復原的Ω號頭部，就這樣咬了下去。

金屬的苦澀味道在嘴裡擴散開來。

那也只是一瞬間的事情，在我嘴裡咬碎的東西直接分解，轉換成純粹的能源。

我的暴食這個技能依然可以在嘴裡發揮效果。

雖然必須先把東西放進嘴裡，但只要進到嘴裡，不管是任何東西都能分解成能源加以吸收。

咬一口可以奪取的能源非常少，也應該比不斷毆打來得更有效率才對。

我已經大致明白這台Ω號的設計理念了。

其核心想法就是用來對付神——也就是對付邱列的決戰兵器。

總之就是一種灌注了大量能源的持久戰型兵器。
靠著巨大的能源總量對付敵人，擁有不管被擊倒多少次都能瞬間再生的續戰力。
捨棄多餘的功能，只專注於提昇這方面的性能。
選擇鑽頭作為攻擊手段，應該是出於波狄瑪斯個人的喜好吧？
……不，就物理上的破壞力來說，鑽頭確實很有效率。
除此之外，還利用抗魔術結界和毒氣消耗對手的體力。
神就是體內有著非常多能源的生物。
因為是那些能源讓神得以是神，只要派出能讓神戰鬥到耗盡能源的兵器就行了。
我完全懂了。
雖然這種做法像是在繞遠路，但考慮到這是他試圖利用僅有的手牌擊敗神的嘗試，就讓人覺得相當合理。
事實上，即使我發動了謙虛，也還是被迫陷入苦戰。
雖然不曉得這招是不是真的對邱列管用，但我知道這是波狄瑪斯百般思考後才完成的戰法。
正因為對手是我，他才會戰敗。
我用貫手刺進Ω號的身體。
然後在其體內發動魔法。
抗魔術結界也不是萬能的。

在結界內部的生物體內，尤其是在不能阻礙魔術發動的自己人體內，就無法發揮出效果。

因為Ω號的再生能力也是一種魔術，一旦那種魔術受到阻礙，它就會變成普通的金屬塊。

所以，我能夠發動魔法。

只要是在Ω號體內就行。

我發動了等級十的外道魔法。

其名為「破魂」。

外道魔法是能直接影響對手靈魂的魔法。

而破魂是能破壞對手靈魂的魔法。

我對Ω號發動這種魔法。

Ω號抗拒地開始掙扎，使勁揮拳打在我的側臉上。

伴隨著頰骨碎裂的討厭聲音，我整個人被擊飛出去，被迫跟Ω號分開。

我立刻重新擺好架式，提防Ω號的追擊。

可是，Ω號沒有追擊，反倒小心翼翼地擺出防禦的架式。

看來這招很有效果。

不過，我早就知道這件事了。

能源是寄宿在靈魂中的東西。

如果沒有名為靈魂的容器，能源就會立刻流失。

而神就是那種靈魂容器特別大的傢伙。

如果要殺死神，就必須破壞名為靈魂的容器，讓神耗盡其中的所有能源才行。

波狄瑪斯選擇的做法是讓神消耗能源。

與其說是選擇，不如說是他只能這麼做。

他也可以像我這樣利用「破魂」破壞靈魂。

可是，這就必須借助系統的力量才行。

如果沒有系統的輔助，就無法使用「破魂」。

因為就算是小白也還沒辦法重現「破魂」。

波狄瑪斯也無法在沒有系統輔助的情況下重現「破魂」。

所以，波狄瑪斯只能選擇其他做法。

他應該也不是無法使用「破魂」。

畢竟他只要讓那些妖精學會外道魔法就行了。

可是，他不會選擇那麼做。

因為他連妖精都不信任。

對波狄瑪斯來說，妖精就只是方便的道具。

而道具就必須要能放心使用。

所以，他不會讓妖精學會任何有可能稍微威脅到他的東西。

對波狄瑪斯來說，外道魔法是一把雙刃劍。

我的外道魔法對Ω號管用就是最好的證據。

既然外道魔法對波狄瑪斯的王牌管用，那對他本人肯定也管用。

在以邱列為假想敵的情況下，就算讓一兩個人學會外道魔法，也只是杯水車薪。

如果不讓上百人學會外道魔法，肯定無法對邱列造成有效的打擊。

讓那麼多人學會外道魔法，他們就有可能聯手造反。

如果存在著這種危險因素，他就沒辦法採取那樣的手段。

常有人說，王者都是孤獨的，但波狄瑪斯的情況有些不太一樣。

他是自願孤獨的。

他滿足於那種封閉的狹小世界。

因為只要在那個狹小的世界裡，他就能當第一名。

因為只要在那個狹小的世界裡，不管他要做什麼都行。

真是個器量狹小的男人。

這也是他個性惡劣的原因。

「波狄瑪斯，為了製作這台Ω號，你『用了多少人的靈魂』？」

隔著擴音器不斷碎碎念的波狄瑪斯，不太可能正常地回答問題。

可是，我還是忍不住發出聲音如此質問。

能源是寄宿在靈魂中的東西。

既然擁有能源，就表示這台Ω號也擁有靈魂。

而靈魂中可以儲存的能源是有極限的。

我和波狄瑪斯都無法跨越那個極限。

而這台Ω號被賦予了足以對付邱列的能源。

那麼多的能源不可能全部儲存在一個人的靈魂中。

如果辦得到那種事，波狄瑪斯也早就成神了。

所以，這台Ω號裡肯定裝著好幾個人……不，或許是好幾十人，甚至好幾百人的靈魂。

那些人的靈魂都被重新打造成這種金屬身軀。

實在讓人同情。

可是，我不會手下留情。

被「破魂」擊碎靈魂，就等於是無法回到輪迴，只能回歸虛無。

這是名副其實的「外道」魔法。

不過，我不會對使用這招有所猶豫。

因為我也沒有手下留情的餘力了。

「暴食」與「破魂」，以及時間有限的「謙虛」。

我要用這些武器解決敵人。

「抱歉。」

向化為悲慘兵器的靈魂們道歉後，我往前踏出一步。

我不知道自己在那之後到底打了多久。

我覺得自己好像有很長一段時間都在戰鬥。

可是，也有可能只是我的主觀感覺拉長了體感時間，其實整個過程意外短。

我不知道這是第幾次的攻擊了。

我的貫手刺穿Ω號的胸口，發動的外道魔法也破壞了寄宿在機體中的靈魂。

Ω號的身體像是痙攣般抖動了一下，然後就完全不動了。

就算我拔出自己的手，貫穿的大洞也沒有再生，失去支撐的身體就這樣倒在地上。

那種意外清脆的碰撞聲，讓我聯想到失去靈魂重量的空殼發出的聲響。

一切都結束了。

不，還沒有。

即使這台Ω號是波狄瑪斯的王牌，也不是他本人。

在殺掉波狄瑪斯本人之前，都還不算是結束。

不過，真是難受啊～

雖然我看起來毫髮無傷，但其實早就千瘡百孔。

因為謙虛的效果對我的靈魂造成了傷害。

雖然從Ω號身上奪走的能源有稍微減緩傷害，但也只是聊勝於無的程度。

要是我現在解除謙虛的效果，天曉得會變得如何。

畢竟燭火在快要燒完的時候最為耀眼。

拜託了，讓我撐到解決波狄瑪斯為止吧。

——要是妳那邊搞定了，就出來外面吧——

一道聲音直接在腦海中響起。

這是小白給我的訊息嗎？

抗魔術結界明明還在發動，拜託不要隨便做出這種事情好嗎？

這會讓我喪失自信耶～

總之，既然小白都特地呼喚我了，就表示我應該出去外面看看比較好。

我使勁撬開在進來時自動關上的門。

不愧是用來困住神的門，讓我費了不少力氣才成功打開。

我一邊喘氣一邊開門，又一邊喘氣一邊走過漫長的上坡來到外面。

然後我看到遠遠超出想像的光景。

森林裡到處都在起火燃燒。

在冒出火焰的地方，全都倒著莫名其妙的巨大圓形物體。

在這幅有如地獄般的光景中，有個巨大的物體特別顯眼。
彷彿要蓋住整片天空一樣，有個巨大的圓形物體飛在天上。
那東西就跟我過去在那片荒野上，奇蹟似的跟波狄瑪斯和教皇聯手擊沉的古代兵器非常像。
因為那也是波狄瑪斯設計的東西，兩者外表相似或許也很合理。
如果要用一句話來形容那東西，那就ＵＦＯ。
就是傳說中裡面坐著外星人的那種東西。
可是，那樣形容也不算是錯誤。
因為那個漂浮在空中的圓形物體確實是宇宙飛船。
波狄瑪斯不可能不知道這個星球的現狀。
他執著於這個有如空中樓閣般的星球的理由，是因為這裡還有系統。
雖然他剛才說了很多系統的壞話，但那是因為他的期待落空了。
波狄瑪斯對系統有所期待。
期待系統能讓他成為神。
可是，波狄瑪斯沒有成神。
不過，他還是懷著一絲希望，繼續待在這個星球。
懷著自己說不定總有一天可以成神的願望。
可是，他自己應該也知道機會不大。

所以，他當然會做好準備。
那就是逃出這個星球的方法。
波狄瑪斯隨時都能離開這個星球。
正因如此，他才能不以為意地做出會毀滅星球的事情。
而他逃離這個星球的手段，就是現在飛在天上的那個東西。
不過，那東西已經被白色蜘蛛絲牢牢抓住了。
那樣子就像是被蜘蛛網抓到，只能等著被捕食的蟲子。
嗯。
這個比喻太過貼切，讓我忍不住想笑。
小白，妳真的很厲害。
在我忙著對付Ω號的時候，居然做出這麼棒的事情。
好到我都不知道該如何稱讚。
波狄瑪斯肯定就在那裡面。
眼見戰局變得不利，已經沒有挽回的餘地，他就放棄Ω號，馬上逃走了吧。
雖然那台Ω號是他費盡心力做出來的東西，但在他眼中也不過就是一項道具。
跟自己的命相較之下該選擇哪一邊，對波狄瑪斯來說根本就不需要考慮。
而其中一根捆住宇宙飛船的蜘蛛絲，就連接在我附近的地面上。

絲的粗細足以讓一個人走在上面。

我稍微環視周圍，卻沒有發現小白的身影。

不過，既然這裡剛好有根蜘蛛絲，顯然就是要我沿著絲走上去的意思，我想應該就是這麼回事吧。

我踏上蜘蛛絲，沿著絲往上走。

總覺得我從剛才開始就一直在往上爬。

雖然我有在提防宇宙飛船發動攻擊，但那種事情完全沒有發生，讓我順利來到宇宙飛船旁邊。

我猜這艘宇宙飛船應該早就被小白解除武裝了吧。

我迅速跳上宇宙飛船，找尋類似艙門的東西。

沒多久後，我順利找到艙門，使勁撬開後進到裡面。

飛船裡十分昏暗。

完全沒有燈光。

不過，這對擁有「夜視」技能的我毫無影響。

我開始前進。

這艘宇宙飛船體積巨大，所以通道也長得離譜。

我繼續前進。

我隔著玻璃看到類似工廠的設施，以及類似農場的設施。

這艘宇宙飛船應該是被設計成可以自給自足吧。

畢竟視情況而定，他可能得在宇宙中徘徊好幾百年。

不光是因為對系統有所期待，那種前途茫茫的不安，或許也是讓波狄瑪斯沒有離開這個星球的原因之一。

這個星球只有邱列這個神，但其他星球或許有更多的神。

想到這點，他就無法輕舉妄動。

我繼續前進。

雖然負責防禦外敵的機器人不斷跑出來，但全都非常弱小，完全無法跟我剛才在地底下交手過的敵人比擬。

我擊潰眼前的敵人。

跟其他機器人交手後，我充分體認到剛才在地底下對決的Ω號有多麼特別。

我繼續前進。

波狄瑪斯的分體一邊鬼吼鬼叫一邊向我襲來。

端正的五官因為焦慮和恐懼而扭曲，變得異常可怕。

以前就算分體被殺掉，波狄瑪斯也是一臉不在乎的樣子，不曾像這樣露出扭曲的表情。

要多少有多少的分體可以用過就丟，但他不能讓自己的本體被殺掉。

這也理所當然。

我迅速解決掉來襲的分體。

就算透過機械進行強化，但現在早就不是區區分體有辦法應付的局面了。

「也就是說，你已經輸了。」

我不斷前進，在最後抵達的地方，找到了那東西。

在一個透明的圓筒裡，躺著一具妖精老人的身體。

無數根管子連接著他的身體。

圓筒內部似乎被某種特殊的材質凝結起來，讓老人動也不動。

「不要！住手住手住手！我不想死！我不可以死！我必須永遠活下去才行！算我求妳了！饒我一命吧！」

不過，雖然身體無法動彈，他還是可以透過擴音器發出慘叫。

擴音器不斷傳出求饒的話語，還夾雜著毫無意義的叫聲。

因為身體沒在呼吸，讓他可以一直叫個不停。

對波狄瑪斯來說，肉體不過就是生存所需的容器，只要還活著就夠了。

他想要行動的時候，只要使用分體就行了。

在這個圓筒中動也不動，就只是維持著生命活動的肉體，正是波狄瑪斯的本體。

雖然我一直懷疑他是不是早就變成這種樣子，但實際親眼見到後，還是覺得非常悲哀。

妖精的壽命很長。

但並非長生不老。

而波狄瑪斯活著的時間，早就遠遠超過妖精的平均壽命了。

所以，我猜他可能會像這樣勉強延續自己的生命。

這就是執著於不死，也只追求不死的男人的末路。

「我不想死！我不想死！不要啊！我不想死——！」

「很遺憾，波狄瑪斯，我要讓你得到比死還慘的懲罰。」

我不會同情一直哭喊的波狄瑪斯。

可是，我也不會嘲笑這樣的他。

我原本以為自己會有更多感觸，但心情卻平靜到連自己都訝異的地步。

「深淵魔法。」

聽到我如此低語，波狄瑪斯發出更加狂亂的叫喊聲。

深淵魔法是一種特殊的魔法。

相較於破壞靈魂的外道魔法，深淵魔法可以分解靈魂，將其回歸到系統之中。

只是殺了他還不夠。

這名男子得用自己的靈魂向這個世界贖罪。

我動手準備發動深淵魔法。

有別於外道魔法，深淵魔法需要用到高難度的術式。

D大人肯定是故意這樣設計的。

外道魔法被設計成用來對抗神的魔法。

而深淵魔法則被設計成讓這個世界的居民制裁彼此的魔法。

奪走對方重新轉生的機會，讓其靈魂回歸到系統之中。

如果有人認為比起讓對方轉生，這樣對世界更有幫助的話，就能下達這樣的裁決。

我一直暗自認為，這種魔法的發動時間很長，不適合用在實戰上，就是能印證我這種觀點的證據。

這傢伙都已經活這麼久了。

他的靈魂中應該累積了許多能源，如果把他的靈魂全部還給系統，應該不無小補才對。

至少這傢伙肯定擁有「不死」這個技能。

渴望永生不死的他，不可能沒有這個技能。

如果想要取得「不死」這個技能，就得用掉多得可怕的技能點數，所以其中蘊含的能源也同樣很多。

要是不充分活用那些能源就太可惜了。

雖然我不認為這樣就能清償這傢伙犯下的罪過就是了。

「可惡！可惡！可惡！如果……如果我能搞懂妳長生不老的祕密！妳這……！妳這可恨的傢

伙——！」

波狄瑪斯發出充滿怨念的慘叫聲。

不知為何，我就是不會變老。

我不知道這是因為波狄瑪斯的實驗成功了，還是系統造成的影響。

可是，波狄瑪斯追求永生的第一個目標，也就是長生不老被我達成了。

也許就是因為這樣吧。

這傢伙特別討厭我。

他可能是嫉妒我吧。

不過，就算肉體長生不老，也沒有太大的意義。

因為雖然我的肉體不會死，但靈魂的死期已經快要到了。

這不只是我一個人的問題。

……波狄瑪斯恐怕也跟我一樣，察覺到自己靈魂的死期了吧。

雖然他好像成功地硬是延長了肉體的壽命，但靈魂的壽命沒辦法延長。

他應該也跟我一樣，因為技能與能力值過度增加，導致原本的靈魂逐漸變得無法承受。

他的肉體或許也快要到達極限，但總之他已經察覺到自己的死期了。

所以他才會感到焦急。

他最近的動作特別多，恐怕就是因為這個理由吧。

就連他主動保護轉生者的行動，也是為了得到能延長自己壽命的線索。
他或許是期待能在轉生者的專屬技能之中，找到能實現他願望的技能吧。
可惜那種理想的技能似乎並不存在。
即使如此，他還是不肯放棄，拚命掙扎，最後落得這種下場。
就只是一味地逃離死亡……
「……」
我突然有個問題想問，嘴巴打開了一半。
可是，波狄瑪斯一直隔著擴音器發出毫無意義的叫喊聲，就算現在的他聽到我的問題，肯定也沒辦法說出我想要的答案。
何況這原本就是問了也毫無意義的問題。
『像你這種只為了不死而活的人生，到底有何意義？』
還是別問了吧……
「永別了，『爸爸』。」
我朝向已經無法說出有意義的話語，只能不斷慘叫的波狄瑪斯本體發動深淵魔法。
然後，現場只剩下一片寂靜。

Potimas Harrifenas

波狄瑪斯

本名是波狄瑪斯．帕菲納斯。不想死──他只執著於此，畢生都在追求永恆的生命。為了達成這個目的，他冷血無情、不擇手段。是個執著於自己的生命，卻能輕易捨棄別人生命的惡人。有許多人都是他進行人體實驗的受害者。而那些研究的成果，就是他發現的MA能源，以及發表利用MA能源讓人類進化的技術。他利用人類收集MA能源，為自已的研究環境做準備。即使他明知那將會毀滅世界，也還是照做不誤。在那些研究的最後，他成功讓自己進化為壽命更長的妖精。

黑7　獨白　歷史的巨輪再次轉動

建構系統這件事，成了這個世界的重要歷史轉折點。

……在建立起系統的時候，我拿到D給的劇本並且朗讀出來，結果被全世界的人聽到了。

我必須聲明一下，那些話不是我自己想到的，而是D叫我說的。

咳哼！關於這件事，還是別講太多了吧。

建立起系統這件事，大幅改變了這個世界。

莎麗兒與龍族，還有人類……

建立在這三者的微妙平衡上的這個世界，因為D的介入而突然改變。

雖然「D的玩具」這個字眼並不是很好聽，但這個世界確實變成D的東西了。

因為這個緣故，其他諸神也無法對這個世界出手。

世上沒有那種會在D的地盤惹事生非的神。

雖然被D當成玩具，但這個世界也因此得到她的保護。

在過去那一連串的騷動，世人挪用MA能源，讓星球走向崩壞。

龍族在這個世界留下巨大的爪痕後離去，莎麗兒試圖犧牲自己拯救世界。

結果波狄瑪斯製作的拯救世界裝置，其實根本沒有那種效果。

嗯？你說什麼？

難道莎麗兒沒有看穿他的陰謀嗎？

……那是因為莎麗兒是專門負責戰鬥的天使。

說得明白一點，就是頭腦簡單四肢發達……

她應該看不懂波狄瑪斯製作的裝置中的魔術原理吧。

總之，如果在莎麗兒使用那個裝置的瞬間，D沒有從旁插手，把她移到系統的核心，那她早就白白送命了。

到時候就只有波狄瑪斯一人得利。

……那種行為實在教人無法原諒。

莎麗兒是懷著什麼樣的心情犧牲自己？孤兒院的孩子們又是懷著什麼樣的心情送她離開？

而且還有達斯汀做出這個決定時的覺悟。

波狄瑪斯的所作所為就等於是在嘲笑這些人。

難以原諒——實在教人難以原諒！

……但D不允許我對波狄瑪斯出手。

「我們管理者的工作是監視與調整。你不覺得這才是神該有的樣子嗎？所以，我們不能殺死特定的某人。莎麗兒也不希望那種事情發生吧？」

D是這麼告訴我的……

對D來說，波狄瑪斯是個讓他活著較為有趣的人才。

對D來說，這個世界終究只是玩具。

要是我強行殺掉波狄瑪斯，天曉得莎麗兒和系統會變成什麼樣子。

到頭來，我還是什麼事都做不了。

不過，至少我有警告過波狄瑪斯。

要是你做出我無法容許的事情，我就殺了你。

要是你打算離開這個星球，我也會殺了你。

就像這樣。

這些威脅意外管用。

拜此所賜，那傢伙一直躲在妖精之里的結界裡面，沒辦法做出大規模的行動。

雖然我因為D的要求，沒辦法對波狄瑪斯本人下手，但那傢伙並不知情。

而且就算我沒辦法對付他本人，也能制裁那些不容忽視的機械兵器。

無法排除掉萬惡的根源令人憤怒，但我至少還能妨礙他的活動。

只要波狄瑪斯有那個意思，他也有能力毀滅世界。

就抑止那傢伙這點來說，我應該有稍微派上用場。

……要是不這麼想，我實在做不下去。

管理者這個職務會讓人累積許多壓力。

所以，我偶爾會去轉換一下心情。

就是為自己準備分體，混進人族裡生活。

我現在就是以哈林斯的身分過活。

實際以人族的身分生活後，我遇到不少旁觀者無法體會的事情，感覺十分新鮮。

不是以管理者的身分，而是以普通人族的身分隨性過活，是一件很有解放感的事情。

而且在跟人族接觸的過程中，我也慢慢變得可以原諒他們了。

因為我知道他們也是拚了命地在過活。

有時候是農夫，有時候是冒險者，有時候是商人。

我試著讓自己成為各種人類，而每段人生都有著不錯的體驗。

雖然我當然也偶爾會遇到壞人，但在絕大多數的人生之中，都至少能交到一個發自內心信賴的朋友。

以哈林斯來說，尤利烏斯就是這樣的朋友。

亞娜……吉斯康……霍金……

我跟他們之間的交情也很寶貴，但那些都是尤利烏斯帶給我的。

跟哈林斯是兒時玩伴的尤利烏斯會成為勇者，真的只是偶然。

我平常也不會主動接近勇者這種對世界有著巨大影響力的人類，但還是不小心被他吸引，忍不住多管閒事。

我無法放著他不管。

這種能夠吸引別人的魅力，才是尤利烏斯最強大的地方。

……他真的是個好人。

正因如此，我才希望那傢伙能得到幸福……

過去的我一定不會相信，我竟然會希望人類得到幸福。

可是，事情已經過去很久，久到讓人很難一直維持怒火。

不管是我還是這個世界，也差不多該原諒人類了吧。

雖然嘴巴上不是這麼說，但愛麗兒應該也沒有那麼痛恨人類了。

……這或許只是我個人的願望吧。

但愛麗兒也一直靜靜觀察著這個世界。

雖然比不上波狄瑪斯，但愛麗兒也擁有足以蹂躪世人的力量。

我覺得她沒有那麼做，就已經是答案了。

在那群出了許多破天荒傢伙的孤兒院孩子裡，她原本是最乖巧也最有常識的一個。

她是個就算擁有強悍的實力，也不會做出什麼天大壞事的溫柔少女。

我竟然讓那種少女肩負起魔王這個重要任務……

我原本希望那女孩可以安穩度日……

世事果然無法盡如人意。

莎麗兒……尤利烏斯……愛麗兒……

我希望得到幸福的這些人，全都背負著不幸的命運。

……但是，終點已經快要到了。

我耗費漫長的歲月也只能在一旁看著，但那傢伙只用了短短幾年，就為這個世界帶來戲劇性的變化。

這股潮流已經無法停止了。

我不知道終點會是什麼樣子。

我不奢求那種所有人都能得到救贖的夢幻結局。

也不敢奢求。

為了滿足那個條件，已經失去太多東西了。

我只希望能盡量讓更多的人得到救贖……

我如此祈求。

然後，如果光是祈求還不夠的話，到時候……

我必須做好覺悟的時刻也到了。

即使是一直無法行動的我，或許也不得不有所行動了。

我明明過去一直沒有行動，現在還有那麼做的資格嗎？

雖然我無法斷言自己沒有這種想法，但就是因為到了這種時候，我才應該把那種顧慮拋到腦後。

愛麗兒她們一直背負著不幸的使命。

不能只有我一個人不背。

不管那會讓我落得什麼樣的下場……

8 終戰 王的夥伴

我派去監視系統的分體，發現勤勞的位子空出來了。

我立刻動手填補支配者權限的空位，為了避免對系統的運作造成影響而進行調整。

此外，我還硬把自己的存在塞進空出來的支配者權限位子。

這樣必須掌控的位子就只剩下一個了。

既然勤勞的位子空出來了，就表示波狄瑪斯已經死了。

與其說是死了，不如說是消滅了。

因為不想死而一直苟活的波狄瑪斯，卻落得比死還要悽慘的下場，實在教人無法理解其中的因果關係。

因為牽扯太多因果關係，反倒讓人感到困擾。

可是，那傢伙過去做了那麼多壞事，最後死得還真是乾脆。

想到波狄瑪斯過去做過的事情，我覺得魔王可以先多折磨他一下，然後再施展深淵魔法。

不過，她可能是想要盡快讓那傢伙消失吧。

我隱約明白事情並非如此，但也就只有魔王本人能體會那種心情。

因為他們之間的恩怨實在太多了。
我也很難想像魔王的心情。
我走進被蜘蛛絲五花大綁的ＵＦＯ內部。
在我成功擊落那些海膽與金字塔後，這架ＵＦＯ就出現了。
從出現的時機來判斷，我懷疑這傢伙才是波狄瑪斯最後的堡壘，因此沒有將其擊落而是擄獲，看來我猜對了。
要是他其實還有隱藏的王牌，那我真的會被嚇到。
如果是那樣的話，我就得提昇對波狄瑪斯的評價了。
不過，既然波狄瑪斯本人都死了，那這應該真的是他的最後王牌了。
我走過漫長的通道，成功抵達那個地方，看到魔王坐在椅子上操縱眼前的終端機。
「一切都結束了喔。」
「是嗎？」
魔王沒有回過頭來，簡短地如此回答。
為長久以來的恩怨劃下句點後，她現在可能百感交集吧。
她的口氣很平靜，但那是一種因為心中湧出太多情感，反倒變得無法理解自己感情的狀態。
這就跟心中湧出太多情感，反倒會讓人變得麻木是一樣的道理。
「妳看看這個。」

魔王指向螢幕。

看著上面顯示的文字，我發現內容都是些不好的東西。

利用轉生者靈魂進行的神化實驗啊……

省略掉那些又臭又長的理論後，簡單來說就是把轉生者的靈魂塞進目標體內使其神化的實驗。

波狄瑪斯似乎認定只靠系統的力量無法成神。

不管他如何收集名為經驗值的靈魂，也無法突破極限。

既然如此，只要使用不同種類的經驗值，也就是來自其他世界的人類靈魂，說不定就有機會突破極限。

真是無聊～

不過，該怎麼說呢……

雖然說這種話不是很好，但我不認為這種實驗會成功。

就算收集這個世界的靈魂，也無法突破極限。

既然這樣，那使用其他世界的靈魂不就好了嗎！

……要是這樣就能成神的話，大家也不用那麼辛苦了。

雖然我這個莫名其妙成神的傢伙沒資格說這種話就是了。

原來這就是他收集轉生者的原因啊～

老師為了保護轉生者而四處奔走的努力，還真是一點都不值得。

「不過，波狄瑪斯應該也不是真的認為這樣就能成神吧。就只是懷著淡淡的希望。」

「可是，我看他好像很小心地驗證理論，還做出了相關的裝置。」

「畢竟他就是那種人嘛。」

在螢幕顯示出來的文章裡面，詳細記載著正在開發的機器，以及為了確保實驗成功而做的驗證結果。

他之所以逼迫轉生者過著盡量不取得技能的生活，好像也是為了避免他們的靈魂因為透過系統適應這個世界而變質。

總之，我能看出他為了這場成功機率微乎其微的實驗，付出各種極其感人的努力的痕跡。

他就這麼想成為神嗎？

看來他應該很想～

「幸好他為了慎重起見，沒有真的執行這個計畫呢～要是再拖個一年，讓他把相關機器完成的話，那些轉生者恐怕就要被丟到絞肉機裡了。」

拜託不要說這麼可怕的話好嗎？

可是，魔王說得沒錯。

這次是因為波狄瑪斯小心行事，那些轉生者才得以獲救。

畢竟波狄瑪斯有過試圖把女神莎麗兒丟到絞肉機裡分解掉的前科啊～

不過，如果他有任何意圖對轉生者出手的動作，我應該會提早行動，直接殺進這裡。

「除此之外，這裡還有許多波狄瑪斯過去至今的研究成果資料。」

「哇喔……」

我忍不住叫了出來。

波狄瑪斯的研究資料……

聽起來就覺得會有很多邪惡的東西。

「總之，大致確認過內容後，我就會把檔案銷毀掉。」

「這是個好主意。」

就算留著這種東西，也不會有任何益處。

我甚至認為魔王根本沒必要確認過一遍。

「我這邊的情況就是這樣，妳那邊呢？」

「妳以為我是誰？」

想也知道不會有問題。

海膽與金字塔的殘骸都已經回收了。

為了不讓火勢在森林裡繼續蔓延，我還把火滅掉了。

至於藏在地底下的祕密基地，也已經被我徹底破壞，沒有留下一點痕跡。

然後——

「還活著的妖精只剩下老師了。」

所有妖精都殺光了。

在控制住這架UFO後，我派出分體，把剩下的妖精全部殺光了。

雖然那些混血妖精都還活著，但這個世界已經沒有純血的妖精了。

「這樣啊……那再來只要摧毀這艘宇宙飛船，一切就真的都結束了。」

「妳很感慨嗎？」

「是啊。」

魔王說出這句話的側臉前所未有地平靜。

「啊，對了。我有遵守約定喔。」

約定？

我想起來了。就是我不允許她戰死的約定吧。

「老大，我平安無事地達成目標了。」

魔王讓椅子轉了一圈，俏皮地向我敬禮。

平安無事啊……

「妳那樣算是平安無事嗎？」

「只要沒死就是賺到。」

魔王笑著回答。

她明明連要從椅子上站起來都辦不到，只剩下半條命了。

魔王的身體毫髮無傷。

可是，她的靈魂受了很重的傷。

魔王的氣場原本十分強大，現在卻變得非常微弱。

「妳現在感覺如何？」

「嗯……我想只要稍微休息一下，應該可以恢復到不會對日常生活造成影響的地步。我現在無法隨意行動，是因為魔力都耗盡了。只要等到魔力恢復，身體應該就能動了。」

「也就是說，妳不可能繼續戰鬥了。」

「如果願意讓壽命繼續減短的話，也不是完全不能打啦。」

「魔王。」

「我只是開個玩笑啦。反正我已經活不久了。頂多只剩下一年了吧？我要把剩下的生命用在見證結局上。」

魔王的壽命原本就已經所剩不多。

不過，本來應該還有更多才對。

但也因為這一戰而縮短，變成只剩下一年。

「我的任務到此結束。其實我還想再多努力一點，不過後面的事情就交給妳了。」

「交給我吧。」

「那……妳準備要動手了吧？」

面對魔王的問題，我點了點頭。

波狄瑪斯這個世界公敵已經被解決掉了。

之後將是拯救世界的故事。

可是，雖然我說要拯救世界，但可沒說要拯救人類。

所以，我將以人類公敵的身分展開行動。

那我就來消滅人類，拯救世界和女神吧。

即使那不是女神樂見的做法……

後記

大家新年快樂！我是馬場翁！
去年真的很不好過，希望今年是個好年。
因為動畫終於要開播了！
沒錯！動畫版終於要開播了，請大家務必收看！
想到當這本書上市的時候，動畫第一集的感想應該也出來了，就讓我有點緊張。（註：此指日本版發售時情況）
啊！難道這就是戀愛嗎（並不是）！
雖然這不是戀愛，但我希望動畫版也能讓各位觀眾興奮期待。
然後，因為這次沒剩下太多頁數，請容我快速地向大家致謝。
負責繪製插畫的輝竜司老師。
負責繪製漫畫版的かかし朝浩老師。
負責繪製衍生漫畫的グラタン鳥老師。
負責製作動畫版的全體同仁。

以責編W女士為首，為了讓這本書問世而提供協助的所有人。
拿起這本書的所有讀者。
還有收看動畫的所有觀眾。
真的非常感謝你們。

國家圖書館出版品預行編目資料

轉生成蜘蛛又怎樣！/ 馬場翁作；廖文斌譯. -- 初版.
-- 臺北市：臺灣角川股份有限公司, 2021.01-
冊；　公分. -- (Kadokawa fantastic novels)
譯自：蜘蛛ですが、なにか？
ISBN 978-986-524-176-6(第 12 冊：平裝). --
ISBN 978-986-524-340-1(第 13 冊：平裝). --
ISBN 978-626-321-042-4(第 14 冊：平裝)

861.57　　109018310

Kadokawa Fantastic Novels

轉生成蜘蛛又怎樣！ 14

（原著名：蜘蛛ですが、なにか？ 14）

２０２１年12月15日　初版第１刷發行

作　者：馬場翁
插　畫：輝竜司
譯　者：廖文斌

發 行 人：岩崎剛人
總 編 輯：蔡佩芬
編　　輯：黃怡珮
美術設計：李思穎
印　　務：李明修（主任）、張加恩（主任）、張凱棋

發 行 所：台灣角川股份有限公司
地　　址：１０４台北市中山區松江路２２３號３樓
電　　話：（02）2515-3000
傳　　真：（02）2515-0033
網　　址：www.kadokawa.com.tw
劃撥帳戶：台灣角川股份有限公司
劃撥帳號：19487412
法律顧問：有澤法律事務所
製　　版：巨茂科技印刷有限公司
ＩＳＢＮ：978-626-321-042-4